Die drei ??? Kids

Band 100

BOB ANDREWS
Alter:
10 Jahre
Wohnort:
Rocky Beach
Kennzeichen:
rotes Fragezeichen
Aufgaben:
Recherchen und Archiv
Hobbys:
Bücher lesen,
schreiben, Kino
Die Kaffeekanne,
das geheime Versteck der drei ???
???
Dieses Buch gehört:

100 Stunden

Erzählt von Ulf Blanck

Mit Illustrationen von Kim Schmidt

KOSMOS

Umschlag- und Innenillustrationen von Kim Schmidt, Dollerup
Grundlayout von der Peter Schmidt Group, Hamburg
Umschlaggestaltung von Sigrid Walter, Würzburg

»100 Stunden« ist der 100. Band der Reihe
»Die drei ??? Kids«.

Unser gesamtes lieferbares Programm und viele weitere Informationen zu unseren Büchern, Spielen, Experimentierkästen, Aktivitäten, Autorinnen und Autoren findest du unter **kosmos.de**

MIX
Papier | Fördert gute Waldnutzung
FSC® C014138

Gedruckt auf Cradle to Cradle Certified™ Munken Papier

ISBN: 978-3-440-18028-0
Lektorat: Cordula Gerndt
Redaktion: Susanne Stegbauer
Produktion und Satz: DOPPELPUNKT, Stuttgart
Druck und Bindung: Finidr, s.r.o., Český Těšín
Printed in Czech Republic / Imprimé en République tchèque

Die drei ??? *Kids*
100 Stunden

Monsterwecker

Justus Jonas lag in seinem Bett und schlief tief und fest. Plötzlich wurde er von einem merkwürdigen Geräusch geweckt. Es ratterte und klapperte. Ein Fiepen und Rasseln war zu hören. Müde rieb Justus sich die Augen. »Was ist das?«, murmelte er leise. Dann fiel ihm ein, woher die Geräusche kamen, und er blickte hinüber zur Fensterbank. Dort stand eine seltsame Apparatur: In der Mitte befand sich ein großes Ziffernblatt und drumherum bewegten sich mehrere Zahnräder, die kleine Glocken, Schellen und Rasseln antrieben.

In diesem Moment betrat Onkel Titus breit grinsend das Zimmer. »Guten Morgen, du Schlafmütze! Wie ich höre, hat dich mein selbst gebauter Wecker erfolgreich aus den Träumen gerissen.«

JJ

Verschlafen schob Justus die Bettdecke beiseite. »Das kann man wohl sagen, Onkel Titus. Das Monstrum ist lauter als eine Schrottpresse.«

»Genau das war meine Absicht. Ich habe meine Erfindung den *Niewiederverschlafenwecker* getauft. Mit dem Ding wird jeder wach. Komm runter, da wartet schon das Frühstück auf dich. Mathilda hat einen frischen Kirschkuchen gebacken.«

Bei den letzten Worten war Justus sofort hellwach. Eilig zog er sich an und polterte die Holztreppe aus dem ersten Stock hinunter. Auf der Veranda begrüßte ihn seine Tante. »Guten Morgen. Anscheinend hat dich der neue Wecker von Titus tatsächlich auf Anhieb wach bekommen.«

»Kein Wunder«, lachte Justus. »Bei dem Lärm ist wahrscheinlich halb Rocky Beach aus dem Bett gefallen. Aber so wie es aussieht, hat endlich einmal eine Erfindung von Onkel Titus funktioniert.«

»Bitte was?«, rief dieser empört. »Fast alle meine selbst gebauten Maschinen funktionieren. Manche hatten vielleicht kleine Startprobleme.«

Tante Mathilda goss ihrem Mann eine Tasse Kaffee ein. »Kleine Startprobleme nennst du das, Titus?«, lachte sie. »Zum Beispiel hat sich dein vollautomatischer Kirschentkerner letzte Woche selbstständig gemacht. Der hat nicht nur die Kirschen entkernt, sondern nebenbei auch noch unsere ganze Küche verwüstet. Der Apparat sprang durch die Luft und die Kirschkerne durchlöcherten dabei die Gardine.«

»Ja, stimmt, Mathilda. Bei dieser Maschine muss ich noch ein wenig nacharbeiten. Das erste Flugzeug der Gebrüder Wright ist auch nur ein paar Meter geflogen. Bisher ist noch kein Meister vom Himmel gefallen.«

Jetzt mussten alle lachen und der erste Tag der Ferien hätte nicht schöner beginnen können. Warmes Sonnenlicht fiel durch das dichte Blätterdach des Kirschbaumes auf die Veranda, und Justus nahm sich ein großes Stück Kirschkuchen. Hier war sein Zuhause und Tante Mathilda und Onkel Titus waren seine Familie. Seine richtigen Eltern waren kurz nach seinem fünften Geburtstag ums Leben gekommen, doch dieser Morgen zeigte ihm wieder einmal, wie glücklich und geborgen er sich bei den beiden fühlte.

Plötzlich hörte Justus zwei Fahrradklingeln und blickte zum Eingangstor des Schrottplatzes. Fröhlich winkend kamen seine beiden Freunde angeradelt. »Hi Peter! Hi Bob!«, rief er ihnen entgegen. »Ihr kommt genau richtig, ich habe bereits den ganzen Kirschkuchen aufgegessen.«

Seine Tante schüttelte den Kopf. »Unsinn! Es ist noch genug da. Setzt euch, ihr beiden! Es gibt auch heißen Kakao.« Bob stellte sein Rad ab und stieg die Stufen zur Veranda hinauf. »Lecker, Kirschkuchen.« Peter folgte ihm. »Und zwar der beste der Welt!«

Nach dem Frühstück überreichte Onkel Titus jedem der drei Jungen ein paar Arbeitshandschuhe. »Ich freue mich, dass ihr mir heute beim Aufräumen helft. Natürlich bekommt ihr dafür eine Taschengeldaufbesserung für die Ferien.«

Justus schob sich das letzte Stück seines Kuchens

in den Mund. »Der Schrottplatz hat es bitter nötig. Da findest selbst du dich bald nicht mehr zurecht.«

Sein Onkel verzog das Gesicht. »Jungs, wie oft soll ich es noch sagen: Das hier ist kein Schrottplatz, sondern ein ...«

»... Wertstoffhandel«, riefen die drei ??? im Chor.

»Genau. Nichts ist so alt und unnütz, dass es einfach weggeworfen werden sollte. Alles kann man noch für irgendetwas gebrauchen.«

»Das stimmt«, schmatzte Justus mit vollen Backen. »Zum Beispiel, um aus alten Teilen einen Monsterwecker zu basteln, der sogar Graf Dracula wach bekommen würde.«

In diesem Moment klingelte im Flur des Wohnhauses das Telefon. Tante Mathilda stand auf. »Seltsam, wer ruft uns denn so früh am Morgen an?« Kurz darauf kam sie zurück. »Justus, es ist für dich. Kommissar Reynolds möchte dich sprechen.« Für Tante Mathilda und Onkel Titus war dies nicht weiter verwunderlich, denn der Kommissar war ein gerngesehener Gast bei der Familie Jonas.

Justus gab seinen beiden Freunden ein Zeichen und Peter und Bob folgten ihm in den Flur. »Wenn Reynolds anruft, braucht er möglicherweise seine geheime Spezialeinheit«, sagte er leise. Bob schloss die Haustür hinter ihnen. »Am besten stellst du auf Lautsprecher.« Dann nahm der Erste Detektiv den Hörer in die Hand. »Hier Justus Jonas?«

»Gut, dass ich dich erreiche«, hörte man die Stimme von Kommissar Reynolds. »Ich habe hier eine sehr rätselhafte Sache auf meinem Schreibtisch liegen. Vielleicht könnt ihr mir weiterhelfen. Ihr seid schließlich Profis, wenn es um merkwürdige Dinge geht.«

Justus knetete mit Daumen und Zeigefinger seine Unterlippe. »Merkwürdige Dinge?«, wiederholte er dann. »Das ist genau unser Fall. Wir kommen sofort.«

Rätselhafte Box

Onkel Titus hatte bereits eine böse Vorahnung, als die drei Jungen zurück auf die Veranda traten. »Lasst mich raten: Der Kommissar braucht mal wieder eure Hilfe und ich stehe mit meiner Arbeit allein da.« Justus legte die Arbeitshandschuhe auf den Tisch. »Ja, du hast richtig getippt. Aber wir sind bestimmt schnell wieder zurück und kümmern uns dann um den Schrott ... äh, Wertstoff.«

»Ja, ja, schon gut. Arbeit läuft bekanntermaßen nicht davon.«

Eilig schwangen sich die drei ??? auf ihre Räder und fuhren durch das große Eingangstor des Wertstoffhofes. Das Haus der Familie Jonas lag etwas außerhalb von Rocky Beach, doch kurze Zeit später erreichten sie den Marktplatz der kleinen Stadt am

Pazifischen Ozean. An diesem Samstagmorgen war einiges los und viele Menschen erledigten ihre Einkäufe. »Ich bin echt gespannt, was Kommissar Reynolds uns zeigen will«, sagte Justus und stellte sein Rad direkt vor der Polizeiwache ab. Peter und Bob taten es ihm gleich, und dann betraten die drei Detektive gemeinsam das Revier. Sie kannten den Weg zum Büro des Kommissars sehr gut.

Reynolds saß hinter seinem Schreibtisch und rührte in einer Kaffeetasse. »Ah, meine Spezialeinheit«, grüßte er. »Ich bin froh, dass ihr so schnell gekommen seid. Das, was ich euch gleich zeigen werde, ist eine mysteriöse Sache.«

Justus schloss die Tür hinter sich. »Wir sind Spezialisten, wenn es um mysteriöse Sachen geht. Worum handelt es sich?«

Der Kommissar nahm einen Schluck Kaffee und griff dann in seine Schreibtischschublade. »Das hier lag gestern in unserem Polizeibriefkasten. Kein Absender, keine Anschrift.« Er hielt eine kleine Schachtel in der Hand und öffnete nun leicht nervös den

Deckel. »Seht euch das an! Zuerst dachte ich, es wäre ein Handy.« Vorsichtig legte Reynolds ein kleines schwarzes Gerät auf den Tisch. »Seltsam, oder?«

Peter trat einen Schritt zurück. »Ist das gefährlich?«

»Nein, keine Sorge. Meine Spezialisten haben das Teil untersucht. Es ist kein explosives Material.«

Bob begutachtete das Gerät. »Von der Größe her könnte es tatsächlich ein Handy sein, aber es hat scharfe Kanten. Außerdem sehe ich keinen einzigen Schalter oder Knopf.«

Justus nahm die Box in die Hand. »Wirklich rätselhaft. Aber es muss einen Grund geben, warum jemand das an die Polizei geschickt hat. Offensichtlich ist es nicht auf dem Postweg hierhergekommen, denn es fehlen Adresse und Absender. Jemand muss es persönlich in den Briefkasten der Polizei geworfen haben. Was werden Sie jetzt unternehmen, Kommissar Reynolds?«

»Ich habe keine Ahnung. Eigentlich habe ich gehofft, dass ihr mir weiterhelfen könnt. Ansonsten gebe ich das Ding einfach beim städtischen Fundbüro ab.«

Justus schüttelte energisch den Kopf. »Das können Sie immer noch machen, wenn wir mit den Recherchen nicht weiterkommen. Diese schwarze Box ist nicht zufällig an die Polizei übergeben worden. Und wie ihr alle wisst, glaube ich nicht an Zufälle. Ist es für Sie in Ordnung, wenn wir Gerät und Schachtel für eine Weile an uns nehmen?«

Der Kommissar nahm erleichtert einen Schluck Kaffee. »Ehrlich gesagt, darauf habe ich gehofft. Ich kann mich nämlich im Moment nicht um die Angelegenheit kümmern. Ich fahre zu einer längeren Fortbildung nach Los Angeles. Sobald ihr irgendwelche Erkenntnisse habt, erwarte ich euren Bericht. Aber möglicherweise wollte jemand der Polizei nur einen Streich spielen.«

Kurz darauf verließen die drei ??? das Polizeirevier und setzten sich auf den Rand des Brunnens am Marktplatz. Fröhlich plätscherte Wasser aus dem Wasserschlauch der Statue von Fred Fireman. Der tapfere Feuerwehrmann hatte einst Rocky Beach vor einem großen Brand bewahrt. Ihm zu Ehren wurde die Statue in dem Brunnen errichtet.

Justus legte die Schachtel mit dem kleinen Gerät auf den Brunnenrand. »Freunde, irgendwie habe ich das Gefühl, dass wir mitten in einem neuen Fall stecken.«

Vorsichtig nahm Peter die schwarze Box aus der Schachtel. »Zum Glück ist das Ding nicht gefährlich.

Es könnte etwas Technisches sein. Aber es gibt tatsächlich keinen Knopf oder Schalter.«

Bob nahm die Box nun in die Hand. »Vielleicht sollten wir das Ding öffnen, Just? Dein Onkel hat in seiner Werkstatt genug Sägen und anderes Werkzeug.« Schnell griff Peter wieder nach dem Gerät. »Lieber nicht. Womöglich haben sich die Spezialisten von Kommissar Reynolds geirrt. Mein Gefühl sagt mir, dass es bei diesem Gerät einen Trick gibt. Vielleicht müssen wir nach einem versteckten Hinweis suchen. Eine Art Passwort.«

Wieder knetete Justus seine Unterlippe. Das tat er immer, wenn er scharf nachdachte. »Ein Passwort«, wiederholte er. »Gute Idee, Peter. Und wenn wir an der Box selbst nichts entdecken, dann kommen wir vielleicht mit der Schachtel weiter.«

Aufgeregt untersuchten die drei ??? den kleinen Pappkarton. Doch so sehr sie sich auch bemühten, sie fanden nicht den geringsten Hinweis. Leicht genervt drehte Bob die Schachtel immer wieder um. »Keine Zahl, keine Zeichen und keine Buchstaben.

Wenn hier ein Hinweis versteckt sein soll, dann ist er unsichtbar. Das Einzige, was mir an der Kiste auffällt, ist, dass sie nach Weihnachten riecht.«

Peter schnupperte an der Schachtel. »Wie die Zimtsterne von Justus' Tante.« Plötzlich leuchteten seine Augen auf. »Moment! Zimt?! Vielleicht ist das ein Hinweis?«

»Zimt?«, wiederholten Justus und Bob verblüfft im Chor.

In diesem Moment vernahmen die drei ??? aus der kleinen Box eine unheimlich klingende Stimme: *»Bravo! So wie es aussieht, haben meine drei fleißigen Detektive das erste Rätsel gelöst.«*

Der Countdown läuft

»Peter!«, rief Justus. »Du hast das Passwort gefunden: Zimt! Sehr gut.«

Peter legte die Schachtel schnell wieder auf den Brunnenrand. »Ob es gut war, das Passwort zu knacken, wird sich noch zeigen. Ich finde das Ganze eher unheimlich.«

»Ja, das finde ich auch. Habt ihr diese Stimme gehört?«, fragte Bob erschrocken. »Da arbeitet jemand mit einem Stimmenverzerrer. Was soll das? Und wer war das?«

Weiter kamen die drei ??? nicht in ihren Gedanken, denn wieder ertönte die Stimme aus der kleinen Box: *»Ich wusste, dass ich mich nicht in euch getäuscht habe. Und jetzt hört genau zu, was ich euch zu sagen habe: Ich fordere euch drei zu ei-*

nem Duell heraus. Ein Duell voller Rätsel, Gefahren und Hindernisse. Eure Aufgabe: Findet heraus, wer ich bin. Nicht mehr und nicht weniger. Dafür habt ihr genau 100 Stunden Zeit. Uhrenvergleich: Es ist jetzt 10 Uhr. Wenn ihr verliert, aufgebt oder die Herausforderung nicht annehmt, werden Schimpf und Schande über euch kommen. Ihr fragt euch, warum? Ich habe meine Gründe. Und bis ihr wisst, wer ich bin, nennt mich einfach Mr drei XXX.«

Ungläubig starrten Justus, Peter und Bob auf die schwarze Box. Die Stimme war verstummt und es leuchtete ein Display auf.

Bob stand der Mund offen. »Das glaube ich nicht. Was passiert hier? Mr drei XXX. Der mysteriöse Unbekannte weiß etwas von unseren drei Fragezeichen. Seht euch das an! Selbst die Farben stimmen: weiß, rot und blau.« Ehe Justus und Peter etwas sagen konnten, veränderte sich das Display.

Lange Zeit brachte keiner der Freunde ein Wort heraus. Fassungslos starrten sie auf die digitale Anzeige. Dann veränderten sich die Ziffern. »D… d… da!«, stotterte Peter. »Das ist ein Countdown über 100 Stunden. Und jetzt haben wir nur noch 99 Stunden und 59 Minuten. Mit dem Passwort haben wir das Ding offensichtlich gestartet.«

Justus versuchte, die Fassung zu bewahren. »Es kann sich nur um einen Scherz handeln, Freunde. Jemand will uns einen Streich spielen. Aber zum Glück können wir selbst entscheiden, ob wir das Spiel mitspielen oder nicht.«

In diesem Moment ertönte wieder die Stimme aus der Box: *»Ich rate euch mitzuspielen. Denn sonst wird Mr drei XXX sehr böse. Die Sache wird zum Himmel stinken.«*

Peter sprang entsetzt auf. »Wäre ich bloß nicht auf das Passwort gekommen. Lasst uns den Kasten in den Brunnen werfen. Die Box ist bestimmt nicht wasserdicht.«

Doch kaum hatte Peter das gesagt, stiegen aus

dem Wasser im Brunnen grünliche Blasen auf. Ein widerlicher Gestank breitete sich aus und Bob hielt sich die Nase zu. »Igitt«, rief er. »Das stinkt ja schlimmer als ein Pups. Schnell weg hier!«

Eine ältere Dame, die mit ihrem Hund in der Nähe stand, zeigte mit dem Finger auf die drei Jungen. »Kommt der Gestank etwa von euch?«, rief sie mit lauter Stimme. »Könnt ihr euch nicht benehmen? Und das in aller Öffentlichkeit! Das kommt bestimmt von dem ganzen Fast Food, das die Jugend heutzutage in sich hineinstopft. Das ist ja ekelhaft! Komm, Purzelchen, Mama bringt dich von hier weg.«

Justus schnappte sich das kleine Gerät. »Kollegen, lasst uns verschwinden, sonst denken wirklich alle, dass wir den Gestank verursacht haben.«

Eilig liefen die drei Freunde zu ihren Rädern vor der Polizeiwache. Rund um den Brunnen war es jetzt leer und die wenigen Menschen auf dem Marktplatz hielten sich die Nasen zu. Einige zeigten in ihre Richtung. »So ein Mist!«, schimpfte Bob. »Jetzt weiß ich, was Mr drei XXX mit Schimpf und Schande

meinte. Wenn wir sein Spiel nicht mitspielen, werden wir bestraft.«

Justus nickte. »Genauso ist es. Und das bedeutet, dass der Unbekannte uns die ganze Zeit beobachtet oder abhört.«

»Na klar«, stöhnte Peter. »Und jemand muss unbemerkt irgendein chemisches Zeug in den Brunnen geworfen haben, damit es stinkt. Das war die erste Lektion von Mr drei XXX. Wir müssen sofort Kommissar Reynolds davon berichten.«

Doch Justus hielt Peter zurück. »Nein, denn erstens ist Reynolds bereits auf dem Weg nach Los Angeles, und zweitens scheint das Ganze eine persönliche Angelegenheit zu sein. Mr drei XXX hat es auf die drei ??? abgesehen. Er kennt uns und will uns auf die Probe stellen. Und ich ahne auch bereits, wer dahintersteckt.«

»Du denkst an Skinny Norris?«, warf Bob ein. »Unseren Erzrivalen?«

»Genau an den denke ich, Bob. Skinny hat so oft gegen uns verloren, dass er sich rächen will. Ich traue ihm so einiges zu. Und so einen Apparat mit Sprachfunktion kann man aus einem alten Handy schnell zusammenbasteln. Wahrscheinlich hat Skinny auch unbemerkt das Stinkzeug in den Brunnen gekippt. Doch damit wird er nicht durchkommen.«

»Was schlägst du vor, Just?«, fragte Peter.

»Wir werden Skinny Norris heimlich beobachten. Eine klassische Observation. Jeder Täter verrät sich irgendwann. Los, wir gehen zur Bar seines Vaters. Normalerweise hält Skinny sich dort auf.«

Norris’ Bar

Norris’ Bar befand sich unweit vom Marktplatz, und die drei ??? näherten sich zu Fuß. Schon von Weitem hörten sie laute Stimmen und Musik. Anscheinend war die Gaststätte schon am Vormittag gut besucht. Justus versuchte, durch die verdreckte Scheibe ins Innere zu blicken. »Skinny scheint nicht drin zu sein«, sagte er leise. »Los, wir sehen uns beim Hintereingang um.«

Neben der Bar befand sich eine schmale Gasse. Dort machte Bob eine Entdeckung. »Seht ihr das Mofa an der Mauer? Das gehört Skinny. Ich erkenne es an dem Fähnchen mit dem Totenkopf drauf.«

»Sehr gut«, nickte Justus. »Das bedeutet, dass Skinny irgendwo in der Nähe sein muss. Dort hinter den aufgestapelten Kisten und Flaschen können wir uns gut verstecken und warten, bis er auftaucht. Ich will wissen, was er als Nächstes vorhat.«

In geduckter Haltung schlichen die drei Freunde durch die Gasse und verbargen sich hinter der Wand aus leeren Flaschen. Von hier aus hatten sie den Hintereingang der Bar gut im Blick. Peter sah sich nervös um. »Aber was ist, wenn Skinny uns beobachtet? Denkt an die Situation auf dem Marktplatz und das Stinkzeug im Brunnen!«

»Wenn das so wäre, hätte er sich sicher schon bemerkbar gemacht«, antwortete Justus. »Ab jetzt übernehmen wir das Kommando.«

Lange Zeit geschah nichts. Nur eine herumstreunende schwarze Katze suchte in einem Mülleimer nach Essensresten. Bob schliefen langsam die Füße ein. »Schau doch mal nach, Just. Vielleicht steht mittlerweile etwas Neues auf dem Display unserer Rätselbox. Eine weitere Botschaft von Mr drei XXX.«

»Nein, leider nicht«, antwortete Justus kopfschüttelnd. »Nur der Countdown ist weitergelaufen.«

Plötzlich öffnete sich die Seitentür der Norris' Bar

und ein älterer Junge erschien. Er trug eine große Kiste mit leeren Flaschen. »Skinny Norris!«, zischte Peter leise. Für einen kurzen Moment sahen die drei ??? auch Skinnys Vater. Bud Norris war stadtbekannt. »Stell die Flaschen zu den anderen und dann komm wieder rein!«, rief er mit tiefer Stimme. »Samstags ist unsere Bude voll und du musst Gläser spülen. Beeil dich, Skinny!«

»Ja, ja, Dad! Immer mit der Ruhe, ich bin nicht so schnell wie Superman. Außerdem ist draußen bald kein Platz mehr für die ganzen leeren Flaschen. Wieso wird der Müll denn nicht abgeholt?«

»Weil ich die Rechnung für die Müllabfuhr nicht bezahlt habe«, brummte sein Vater zurück.

Mürrisch begann Skinny Norris damit, die leeren Flaschen aus der Kiste auf die Flaschenmauer zu stapeln. Die drei ??? hielten den Atem an. Doch bei der letzten Flasche sprang unvermittelt die schwarze Katze hervor. »Hau ab, du Mistvieh, und fang Mäuse!«, schimpfte Skinny und scheuchte das Tier weg. Dabei stieß er gegen die aufgestapelten Flaschen und das Unvermeidliche geschah: Mit lautem Scheppern krachte die wackelige Flaschenmauer ein und Tausende Scherben verteilten sich auf dem Boden der Gasse. Die Deckung der drei Detektive hatte sich in Luft aufgelöst.

»He! Wo kommt ihr denn plötzlich her?«, krächzte Skinny Norris. »Sieh an, die drei kleinen Schweinchen. Was habt ihr hier zu suchen?«

Peter und Bob wichen erschrocken zurück. Nur Justus fasste sich schnell wieder. »Wir sind hier, um

dir ein paar Fragen zu stellen, Skinny. Was soll der Unsinn mit der schwarzen Box, dem Duell und dem Countdown der 100 Stunden?«

Skinny Norris glotzte Justus mit großen Augen an. »Hä!? Wovon redest du? Ist euch drei Schweinchen das Gehirn ausgelaufen? Habt ihr zu lange in der Sonne gelegen?«

Justus ließ nicht locker. »Und wieso nennst du dich Mr drei XXX? Wir sind uns sicher, dass du dahintersteckst.«

»Ich habe keine Ahnung, wovon du sprichst«, schimpfte Skinny Norris und verschränkte die Arme vor der Brust. »Verschwindet!«

Justus zog nun die kleine Box aus der Hosentasche und hielt sie Skinny unter die Nase. »Vielleicht hilft das deinem Gedächtnis auf die Sprünge.«

Doch in diesem Augenblick ertönte aus der Box wieder die unheimliche Stimme: *»Meine lieben Freunde, ich glaube, ihr seid auf der falschen Spur und habt zudem eine wichtige Detektivregel vergessen: Selten ist der erste Verdacht der richtige.*

99:16

Pech gehabt, denn ihr habt wertvolle Minuten verloren. Die Zeit läuft.«

Schlagartig wurde den drei ??? klar, dass sie Skinny Norris zu Unrecht verdächtigt hatten. »Langsam reicht es mir mit euch«, brüllte der ältere Junge jetzt und packte Justus am Kragen. »Was soll das alles? Übt ihr schon für Halloween? Aber ich werde euch zeigen, was passiert, wenn man sich mit Skinny Norris anlegt.«

Zum Glück erschien in diesem Moment Bud Norris an der Hintertür der Bar. »Skinny! Was machst du da? Lass den Jungen in Ruhe und feg die Scherben zusammen! Hast du diese Sauerei angerichtet? Und dann komm endlich rein zum Gläserspülen.«

Widerwillig ließ Skinny Norris von Justus ab und schubste ihn wütend beiseite. »Ja, ja, Dad, ich komm ja schon. Und ihr drei kleinen Schweinchen lasst euch nicht noch einmal hier blicken.«

Hinter Gittern

Die drei ??? waren froh, als sie Norris' Bar hinter sich gelassen hatten. Justus hielt immer noch die schwarze Box in der Hand. »Am meisten ärgere ich mich über mich selbst«, schnaufte er. »Wer auch immer dieser Mr drei XXX ist, er hat leider recht. Ein Detektiv darf sich nicht ausschließlich auf seinen ersten Verdacht verlassen. Eines wissen wir jetzt aber sicher: Skinny Norris hat mit der Sache nichts zu tun.«

»Aber es hätte so gut gepasst«, entgegnete Bob. »Skinny hat bisher keine Möglichkeit ausgelassen, um uns während unserer Detektivarbeit zu nerven. Darüber könnten wir ein ganzes Buch schreiben.«

Peter nickte. »Da kommen mindestens hundert Geschichten zusammen. Der Kerl nervt wirklich. Aber kein Wunder bei dem Vater. Eine durch und durch unsympathische Familie. Wie geht's jetzt weiter, Just?«

»Gar nichts geht weiter«, schimpfte der Anführer der drei Detektive. »Ich habe keine Lust mehr, dieses blöde Spiel von unserem Mr drei XXX mitzuspielen. Anscheinend werden wir die ganze Zeit abgehört. Dieser kleine Kasten hat vermutlich ein eingebautes Mikrofon.«

»Und was machen wir dann mit dem Ding?«, fragte Bob.

»Wir lassen es einfach hier liegen. Kein Gerät, keine Botschaften, kein Mr drei XXX.« Mit diesen Worten schob Justus die schmale Box in einen kleinen Mauerspalt am Straßenrand. »So, das war's! Mit den drei ??? treibt man keine Spielchen. Los, holen wir unsere Räder am Markt.«

Doch vor der Polizeiwache machte Peter eine unschöne Entdeckung. »Das gibt es doch nicht!«, rief er aufgebracht. »Jemand hat unsere Fahrräder mit einer dicken Eisenkette zusammengebunden. Es hängt ein fettes Schloss daran.«

»So ein Mist«, beschwerte sich Bob. »Aber der Fall ist klar: Da steckt garantiert unser Unbekannter dahinter. Mr drei XXX lässt nicht locker. Vielleicht hätten wir die Box doch lieber behalten sollen? Womöglich ist das schon wieder so eine Strafaktion?«

»Kann uns egal sein«, antwortete Justus genervt. »Das rostige Vorhängeschloss sieht nicht besonders kompliziert aus. Peter, bekommst du das auf?«

»Ich denke schon«, sagte Peter und zog sein Dietrich-Set aus der Hosentasche. Peter war Spezialist, wenn es darum ging, Schlösser zu knacken. Sein Dietrich-Set mit den unterschiedlich gebogenen Eisendrähten hatte er selbst hergestellt. »Okay, dann wollen wir mal sehen, ob ich das Ding aufkriege.« Konzentriert stocherte er eine Weile mit einem Dietrich im Schloss herum.

Dabei bemerkten die drei nicht, dass sich ihnen ein Polizist genähert hatte, der jetzt direkt hinter ihnen stand. »Was ist denn hier los?«, herrschte er die Kinder an. »Fahrraddiebe am helllichten Tag! Da komme ich ja genau im rechten Moment.«

Peter fiel vor Schreck der Dietrich aus der Hand. »Diebe? Nein, wir sind keine Diebe! Diese Fahrräder gehören uns. Jemand hat in unserer Abwesenheit ein Schloss um sie gelegt.«

Der Polizist fing laut an zu lachen. »Das ist ja wohl die dümmste Ausrede, die ich jemals gehört habe. Aber das klären wir alles auf der Polizeiwache. Los, mitkommen!«

Den drei ??? blieb nichts anderes übrig, als dem Mann zu folgen. Diesen Polizeibeamten hatten sie zuvor noch nie in Rocky Beach gesehen. »Am besten ist es, wenn ihr gleich ein Geständnis ablegt«, forderte dieser die Jungen auf. »Und tischt mir bloß keine Lügen auf! Mein Name ist Inspektor Taggart. Ein Name, den ihr euch merken solltet. Ich bin zwar neu hier im Revier, verstehe aber keinerlei Spaß, wenn es um die Sicherheit der Stadt geht.«

Justus sah sich in der Polizeiwache um. Doch es ging gegen Mittag und anscheinend waren alle Beamten unterwegs. »Bitte informieren Sie Kommissar Reynolds«, sagte er. »Der kennt uns.«

Inspektor Taggart schüttelte den Kopf. »Netter Versuch, Junge, nur glaube ich dir kein Wort. Außerdem ist Kommissar Reynolds seit heute bei einer Fortbildung in Los Angeles. Aber wisst ihr was? Ich werde euch eine Lehre erteilen, die ihr hoffentlich nie wieder vergesst. Kriminelle Anlagen muss man im Keim ersticken. Darum sollt ihr jetzt am eigenen Leib spüren, wie es ist, wenn man hinter Gittern landet. Mir nach!«

Die drei ??? folgten Inspektor Taggart. Mit schnellen Schritten führte er Justus, Peter und Bob die Treppe in den Keller hinunter. »So! Das hier sind die Zellen für die Untersuchungshaft. Wenn die Täter dann rechtmäßig verurteilt sind, kommen sie ins Gefängnis nach Topanga Beach.« Mit diesen Worten öffnete er eine der vergitterten Zellentüren und schob die drei Freunde hinein. »Zur Abschreckung! So ein kleiner Gefängnisaufenthalt kann Wunder wirken. Das merkt man sich fürs Leben.« Dann schlug der Polizist mit Schwung die Gittertür zu und verschwand.

In der Zelle gab es nur ein Bett, eine Toilette, ein Waschbecken und ein kleines Tischchen. Eine einzige Glühbirne an der Decke sorgte für schummriges Licht. Fassungslos setzte sich Peter auf die Bettkante. »Das darf doch nicht wahr sein! Und das alles wegen diesem bescheuerten Mr drei XXX. Wo sind wir da nur wieder reingeraten?«

»Die Frage ist, wann uns Inspektor Taggart hier wieder rausholt«, stöhnte Bob. »In einem Gefängnis eingesperrt zu sein, ist wirklich schrecklich.« Nachdenklich betrachtete er die Zellenwände. Diese waren vollgemalt mit lauter kleinen Zeichnungen und Sprüchen.

Justus ließ sich neben Peter aufs Bett sinken. »Man kann nur hoffen, dass niemand unschuldig im Gefängnis landet. Bei allen Fällen, die wir bisher gelöst haben, war die Schuldfrage zum Glück immer eindeutig.« Auch Bob nahm nun Platz. »Und es waren eine ganze Menge Fälle. Mittlerweile haben wir schon viele Verbrecher ins Gefängnis gebracht.«

Stunden vergingen. Die drei ??? verloren in der fensterlosen Zelle das Zeitgefühl. Doch dann hörten sie endlich, wie sich im Gefängnisflur Schritte näherten. Es war Inspektor Taggart, der kurz darauf die Tür der Zelle wieder öffnete. »So, die Sache hat sich geklärt. Ich habe Kommissar Reynolds telefonisch erreicht. Er hat mir bestätigt, dass euch die Fahrräder gehören. Ein weißes, ein rotes und ein blaues. Na ja, so ein kurzer Gefängnisaufenthalt hat noch keinem geschadet. Los, raus hier!«

Endstation Friedhof

Die drei ??? waren froh, als sie wieder vor der Polizeiwache standen und die frische Luft einatmeten. Die Läden hatten mittlerweile geschlossen und der Marktplatz war menschenleer. »Dieser Taggart hätte sich wenigstens bei uns entschuldigen können«, schimpfte Bob. »Ich bin froh, dass er Reynolds erreicht hat und dass wir endlich unsere Räder mitnehmen können.«

Peter blickte in die andere Richtung. »Freunde, das glaube ich jetzt nicht«, rief er überrascht. »Seht mal zum Brunnen hinüber! Jemand hat unsere Räder an die Statue von Fred Fireman gehängt.«

Fassungslos rannten Justus, Peter und Bob zum Brunnen hinüber. Wie übergroßer Christbaumschmuck hingen ihre drei Fahrräder tatsächlich an der Bronzefigur. Justus begann sofort damit, die Räder herunterzuholen. »Da steckt hundertprozentig wieder unser mysteriöser Mr drei XXX dahinter.«

»Klarer Fall«, nickte Bob. »Es ist eine Strafaktion, weil wir die Box weggeschmissen haben.«

»So wird es sein«, schimpfte Peter und schnappte sich sein Rad. »Erst die Kette mit dem Schloss und nun das hier. Was machen wir denn jetzt, Just?«

»Ich nehme die Sache langsam persönlich. Wa-

rum hat sich Mr drei XXX gerade uns ausgesucht? Aber gut: Wir nehmen die Herausforderung an. Die drei ??? haben sich noch nie vor einer vermeintlich unlösbaren Aufgabe versteckt. 100 Stunden hat uns der Unbekannte gegeben, um seinen Namen und seine Identität herauszufinden. Wir werden den Fall schneller lösen, Freunde. Das ist Ehrensache. Kommt mit! Wir holen uns die Box zurück.«

Zum Glück steckte die kleine Box immer noch in dem Mauerschlitz und Bob zog sie heraus. »Mist, der Countdown ist weitergelaufen.«

In diesem Moment erklang wieder die verzerrte Stimme: *»Wie ich höre, spielt ihr wieder mit. Sehr gut, denn alles andere hätte euch auch nicht gutgetan. Es ist Zeit für eine kleine Rätselaufgabe, die euch ein Stück näher an meinen Namen führt: Findet auf dem Friedhof von Rocky Beach das einzige Palindrom. Viel Erfolg!«*

Bob steckte die Box in die Hosentasche. »Wie? Das ist alles? Mehr Informationen bekommen wir nicht?« Doch Justus war gedanklich schon ein Stück weiter. »Wir haben zwei Informationen. Friedhof und Palindrom. Damit können wir etwas anfangen.«

Peter sah seinen Freund verwundert an. »Friedhof ist klar, aber was bitte schön ist ein Palindingsbumms?«

»Ein Palindrom ist ein Wort, das man vorwärts und rückwärts lesen kann«, klärte ihn Justus auf. »Bob ist zum Beispiel ein Palindrom.«

Dieser musste lachen. »*Ich* bin ein Palindrom? Das hat meine Mutter noch nie zu mir gesagt. Aber stimmt. Bob kann man vorwärts und rückwärts gleichermaßen lesen. Nur was hilft uns das auf dem Friedhof?«

»Das werden wir herausbekommen. Los!«

90:22

Der Friedhof von Rocky Beach lag etwas außerhalb der Stadt. Als die drei ??? dort ankamen, tauchte die untergehende Sonne alles in ein blasses Abendrot. Peter stellte sein Rad am schmiedeeisernen Eingangstor ab. »Mir gefällt es gar nicht, dass wir ein Rätsel auf dem Friedhof lösen müssen. Und das auch noch, während es langsam dunkel wird.«

Doch Justus ließ sich davon nicht abschrecken. »Darum müssen wir uns beeilen. Leider haben wir unsere Taschenlampen nicht dabei. Wir konnten ja nicht ahnen, dass wir in so einen mysteriösen Fall verwickelt werden.«

Die drei waren die Einzigen auf dem Friedhofsgelände. Langsam schritten sie über die geschwungenen Kieswege. In der Mitte des Friedhofs befand sich eine kleine Kapelle. Auf dem Dach saßen mehrere Krähen und beobachteten die drei Freunde argwöhnisch. »Mir gefällt das immer weniger«, sagte Peter leise. »Ich habe mal einen Film gesehen, da sind in der Nacht plötzlich ...«

Justus unterbrach ihn. »Das sind doch alles nur Filme, die einem Angst machen sollen. Ausgedachte Geschichten, Peter.«

»Nun ja, an den meisten Geschichten ist etwas Wahres dran. Ich bin jedenfalls froh, wenn wir dieses merkwürdige Palindings schnell finden.«

Bob rückte sich seine Brille zurecht. »Ich kann mir gut vorstellen, dass es sich um einen Namen auf einem der Grabsteine handelt. Vielleicht gibt es hier auch einen Bob?« Bei einer Reihe von vermoosten Grabsteinen wurde er fündig. »Seht mal! Hier ruht eine Hannah. Den Namen kann man vorwärts und rückwärts lesen.« Peter fand eine weitere Inschrift. »Auf diesem Grabstein steht als Vorname Natan. Ich glaube, wir werden hier eine ganze Menge Palindinger entdecken.«

Justus knetete seine Unterlippe. »Unser Mr drei XXX sprach von einem einzigen Palindrom. Womöglich muss nicht nur der Vorname, sondern auch der Nachname vorwärts wie rückwärts gelesen werden können. Lasst uns weitersuchen.«

Geisterstunde

Vom nahen Pazifik wehte ein kühler Wind über den Friedhof und die Krähen erhoben sich mit lautem Krächzen. Peter lief ein Schauer über den Rücken. »Wäre mir bloß nicht das Passwort für diesen Mist-

kasten eingefallen. Jetzt kommen wir aus der Sache nicht mehr raus und die Zeit läuft.«

Unter das Krächzen der Krähen mischte sich plötzlich ein hässliches Quietschen. Bob deutete zur Kapelle. »Da! Seht ihr das?« In der Dämmerung erblickten sie einen alten Mann, der eine Schubkarre schob. Sie war beladen mit Gießkannen und Gartengeräten. »In zehn Minuten schließen wir ab!«, rief der Alte ihnen mit rauchiger Stimme entgegen. Dann lachte er: »Ab Mitternacht haben hier nur noch Geister freien Zutritt.«

Peter schluckte. »Wir sollten jetzt wirklich gehen. In zehn Minuten finden wir niemals das gesuchte Palimbumms.« Doch Justus blieb unbeeindruckt. »Das wird der Friedhofsgärtner gewesen sein. Anscheinend macht es ihm Spaß, Leute zu erschrecken. Zehn Minuten sind eine lange Zeit. Suchen wir weiter!«

Mittlerweile hatten die drei Detektive fast alle Grabsteine betrachtet. In einer der letzten Reihen machte Bob jetzt eine Entdeckung. »Da haben wir ihn: den Grabstein von Anna Susanna Tillit. Das ist ein Super-Palindrom. Selbst der doppelte Vorname kann vorwärts und rückwärts gelesen werden. Ich wette, hier sind wir richtig.«

Justus hob den Daumen. »Das glaube ich auch, Bob. Sehr gut. Jetzt müssen wir nur noch herausfinden, was an diesem Ort besonders ist. Mr drei XXX hat uns hergeführt, also gibt es an dieser Stelle eine weitere Information.«

Bob betrachtete die Jahreszahlen auf der Grabinschrift. »Geboren 1832, gestorben 1905. Das kann alles und nichts bedeuten. Diese Anna Susanna ist 73 Jahre alt geworden. Bringt uns das weiter?«

Peter zuckte mit den Schultern. »Keine Ahnung. Ich weiß nur, dass der Friedhofsgärtner gleich das Tor zuschließt.«

Vorsichtig näherte sich Justus dem alten Grabstein. Das Grab selbst war mit Gestrüpp und Unkraut verwildert. Als er die Grabstelle einmal umrundete, wurde er fündig. »Ich habe was entdeckt, Kollegen. Hinter dem Grabstein liegt eine Taschenlampe. Und sie ist überhaupt nicht verrostet.«

»Und? Funktioniert sie?«, fragte Bob.

»Warte ... Ja, sie funktioniert. Aber seht mal: Sie leuchtet in einem bläulichen Licht.«

Peter trat hinzu und nahm Justus die sonderbare Taschenlampe aus der Hand. »Klarer Fall. Das ist ultraviolettes Licht. Damit kann man Dinge sichtbar machen, die für das menschliche Auge unsichtbar sind. In Geldscheinen sind zum Beispiel fluoreszierende Stoffe eingebracht. Mit so einer Lampe kann man Falschgeld erkennen. Auch bei Filmen wird ultraviolettes Licht für bestimmte Effekte eingesetzt. Mein Dad hat mir das einmal alles erklärt.« Mr Shaw arbeitete in Hollywood beim Film und war zuständig für Spezialeffekte und Stunts. Schon öfters durfte Peter dabei zusehen.

»Mit so einem Licht kann man auch geheime Schriften sichtbar machen«, fügte Justus hinzu. »So wie es aussieht, sind wir einen Schritt weiter.«

Plötzlich vernahmen die drei ??? vom Friedhofseingang her ein metallisches Quietschen und im Anschluss ein lautes Krachen. Peter zuckte zusammen. »Mist! Die zehn Minuten sind um. Der Friedhofsgärtner hat das Eisentor zugeschlossen. Aber irgendwie werden wir drei da schon wieder herauskommen.«

»So will ich dich hören, Peter«, grinste Justus. »Von so etwas lassen sich echte Detektive nicht aufhalten.«

Die Sonne war mittlerweile ganz untergegangen und der helle Vollmond tauchte am Horizont über den Bergen auf. Mit der speziellen Taschenlampe in der Hand machten sich die drei ??? auf den Weg durch den Friedhof. »Mr drei XXX will mit uns anscheinend eine Schnitzeljagd machen«, sagte Justus. »Ein Hinweis ergibt den anderen. Ich wette, dass wir den nächsten mit der Taschenlampe und dem ultravioletten Licht finden werden.«

Langsam schritten die Jungen die Gänge zwischen den Gräbern ab und Justus beleuchtete dabei jeden einzelnen Grabstein. Doch nirgends war etwas Ungewöhnliches zu entdecken. Schließlich standen sie vor der Kapelle. Bob rüttelte an der Tür. »Die ist verschlossen und ich kann mir nicht vorstellen, dass wir hier mithilfe von Peters Dietrich-Set einbrechen sollen.«

Peter tippte sich an die Stirn. »Das würde ich auch nie im Leben machen.«

Justus leuchtete die Tür der Kapelle ab. »Wir brauchen auch gar nicht einzubrechen, Kollegen, denn ich habe soeben den nächsten Hinweis entdeckt. Seht nur: Über der Türklinke erscheint im ultravioletten Licht ein kleiner Pfeil. Der muss mit

Spezialfarbe aufgemalt worden sein. Nur mit der Lampe wird der Pfeil sichtbar.«

»Er zeigt nach links«, nickte Bob. »Das kann nur bedeuten, dass wir hinter der Kapelle weitersuchen müssen.«

Aufgeregt schlichen die drei ??? im Mondlicht um die Kapelle herum. In einem kleinen Verschlag lagerten hier die Schubkarre und anderes Gartengerät. An der Rückwand der Kapelle waren alte Grabsteine aufgestapelt. Peter fühlte sich immer unwohler. »Um Mitternacht will ich aber nicht mehr auf dem Friedhof sein. Ihr wisst schon: Geisterstunde.«

Justus ließ den Strahl der Lampe kreisen. Neben den aufgestapelten Grabsteinen lag eine kleine, zersprungene Kirchturmglocke. Hier wurde er fündig. »Da! Durch das ultraviolette Licht ist eine Schrift sichtbar geworden.«

Bob zückte den Notizblock, welchen er immer bei sich trug. »Es sind Zahlen und ein Buchstabe. Ich werde das auf jeden Fall aufschreiben. Dies könnte der nächste Hinweis von Mr drei XXX sein. Aber es ist schon spät und meine Eltern machen sich bestimmt bald Sorgen. Wir sollten morgen weiter ermitteln, Just.«

»Alles klar. Kommt, wir suchen uns eine Stelle, wo wir leicht über den Friedhofszaun klettern können. So schwer kann das nicht sein. Morgen früh um neun Uhr treffen wir uns dann in der Kaffeekanne. Der Fall beginnt langsam, interessant zu werden.«

In der Kaffeekanne

Um neun Uhr am Sonntag trafen die drei ??? pünktlich bei der Kaffeekanne ein. Bob stellte sein Rad ab. »Nicht schlecht, Just, seit du deinen neuen Wecker hast, verschläfst du nicht mehr.«

»Ihr könnt euch gar nicht vorstellen, wie laut das Ding ist«, lachte der Anführer der Detektive. »Mein Onkel hat sogar noch zusätzlich zum Rattern und Klingeln eine Hupe angebaut. Da fällt man vor Schreck aus dem Bett.«

Peter kletterte als Erster die rostigen Eisenstufen hinauf und öffnete über sich die schmale Bodenklappe. Die Kaffeekanne war das Geheimversteck der drei ???. Eigentlich handelte es sich um einen stillgelegten Wassertank für die alten Dampflokomotiven. Durch ein seitlich angebrachtes Rohr wurden damals die Heizkessel der Lokomotiven mit Wasser aufgefüllt. So sah der Tank von Weitem tatsächlich aus wie eine Kaffeekanne.

Das Geheimversteck befand sich außerhalb von Rocky Beach an der alten Bahnstrecke. Der Weg dorthin führte über einen holprigen Pfad, der mit Unkraut und Gestrüpp überwuchert war. Den Tank hatten sich die drei Freunde im Inneren zu einer Detektivzentrale ausgebaut. Hier lagerten Lupen, Taschenlampen, Ferngläser, Kletterseile, Fingerabdruckpulver und alles, was sie sonst noch für ihre Ermittlungen brauchten. Natürlich gab es auch einen Vorrat an Keksen und anderen Süßigkeiten.

Justus setzte sich auf eine alte Apfelsinenkiste. Doch plötzlich legte er sich den Zeigefinger auf die Lippen und zog aus seiner Hosentasche die kleine schwarze Box. Zur Verwunderung von Peter und Bob faltete er dann eine mitgebrachte Aluminiumfolie aus. In diese Folie wickelte Justus die Box ein. »Ich habe gestern Abend noch etwas recherchiert, Kollegen«, sagte er leise. »Diese Box von unserem

Mr drei XXX funktioniert ähnlich wie ein Handy. Und so wie es aussieht, kann uns der mysteriöse Unbekannte über das Mikrofon jederzeit abhören.«

»Und was soll die Alufolie?«, fragte Bob verwundert und sprach dabei genauso leise.

»Wenn man ein Handy in Alufolie wickelt, dann stört man den Empfang des Mobiltelefons. Jetzt können wir uns also ungestört unterhalten. Aber wir sollten die Box nicht zu lange eingewickelt lassen, sonst schöpft Mr drei XXX Verdacht.«

»Und dann gibt es wieder eine Strafaktion«, fuhr Peter fort. »Denkt an den stinkenden Brunnen und die angeketteten Räder.«

»Richtig.« Justus nickte. »Lasst uns jetzt noch einmal alles durchgehen, Kollegen. Was ist passiert? Als Erstes wurde Kommissar Reynolds anonym diese Box übermittelt und wir haben den Fall übernommen. Mr drei XXX forderte uns auf, seine wahre Identität herauszufinden. Dafür haben wir 100 Stunden Zeit. Der Countdown startete gestern, am Samstag, um zehn Uhr morgens.«

»Somit haben wir von den 100 Stunden nur noch knapp 77 Stunden übrig«, errechnete Peter.

»Genauso ist es. Mr drei XXX muss mehr über uns wissen, als wir im Moment erahnen können. Warum er sich ausgerechnet uns ausgesucht hat für dieses seltsame Spiel, bleibt zunächst ein Geheimnis. Aber Geheimnisse und Rätsel aller Art sind unser Spezialgebiet. Darum haben wir die Herausforderung angenommen und stellen uns dem Duell.«

Bob legte seinen Notizblock auf den selbst gebauten Tisch. »Und wir sind in dem Fall schon ein Stück weitergekommen. Skinny Norris war eine falsche Fährte. Und auch ich habe etwas recherchiert: Die sonderbaren Zahlen auf der Glocke von gestern haben eine Bedeutung, denn jeder Ort auf der Erde lässt sich durch zwei Zahlen lokalisieren und auffinden. Die Erdkugel ist nämlich in Längen- und Breitengrade eingeteilt. Die Zahl auf der Glocke ist ein Breitengrad. Man erkennt das durch den Buchstaben N am Ende.«

Peter blickte etwas ratlos auf die Ziffernfolge. »Aber wenn wir den Längengrad mit der zweiten Zahl nicht haben, dann hilft uns das wenig, oder?«

»Das stimmt. Es ist wie bei einem Kreuz. Erst durch zwei Striche erhält man in der Mitte einen Schnittpunkt. Ein Strich von oben nach unten und ein zweiter Strich von einer Seite zur anderen. Somit haben wir bis jetzt nur die erste Hälfte des Rätsels gelöst.«

Justus nahm einen Schluck aus einer Wasserflasche. »Sehr gute Arbeit, Bob. Mr drei XXX will uns anscheinend einen Ort nennen, an dem unsere Schnitzeljagd weitergeht.«

Peter nahm auch einen Schluck Wasser. »Hauptsache, es geht nicht wieder auf den Friedhof.«

76:38

In diesem Moment vernahmen die Jungen aus der Ferne ein hässliches Lachen. Es klang seltsam verzerrt und wiederholte sich. Bob zuckte zusammen. »Was ist das? Hört sich echt fies an. Steckt unser Mr drei XXX dahinter?« Justus stellte die Wasserflasche beiseite. »Wir müssen herausfinden, woher das Lachen kommt. Los!«

Doch Peter hielt ihn zurück. »Nichts da! Es könnte eine Falle sein. Wozu haben wir unser Periskop? Damit können wir aus der sicheren Kaffeekanne alles um uns herum beobachten.«

Das Periskop hatten die drei Detektive aus dem seitlichen Rohr des Wassertanks selbst gebaut. In der Röhre befanden sich verschiedene Spiegel, mit denen man um die Ecke sehen konnte. Über einen Seilzug wurde das Periskop von innen bewegt. Justus blickte hindurch.

»Und? Kannst du was entdecken?«, fragte Bob.

»Warte, ich suche die Gegend ab. Bisher sehe ich noch nichts Ungewöhnliches. Doch, Moment ... Da! Weiter hinten auf dem Weg liegt im Gestrüpp ein Pappkarton. Der war vorhin noch nicht da. Gut möglich, dass das Lachen aus dem Karton kommt.«

»Ein lachender Karton?«, wunderte sich Peter. »Was soll denn das schon wieder?! Aber falls Mr drei XXX tatsächlich dahintersteckt, bedeutet das, dass er unser Geheimversteck kennt. Siehst du durch das Periskop irgendwelche Personen, Just?«

»Nein, niemand zu sehen. Wir müssen den Karton genauer untersuchen. Los!«

Nicht lustig

Einer nach dem anderen kletterte aus der Kaffeekanne. Aus der Ferne ertönte immer noch das unheimliche Lachen. »Mir nach!«, sagte Justus. »Der Karton liegt da hinten im Gebüsch.«

Dicht hintereinander schlichen die drei Detektive den überwucherten Pfad entlang. Auf dem Boden konnte man noch die rostigen Eisenbahnschienen erkennen. Mit jedem Schritt wurde das hässliche Lachen lauter. Schließlich entdeckten sie gleichzeitig den mysteriösen Karton. »Also, ich öffne den nicht«, sagte Peter. »Wer weiß, wer oder was uns da entgegenspringt.«

Bob fand im Gestrüpp einen langen Ast. »Ich übernehme das.« Vorsichtig stupste er mit dem Ast den Karton an. Immer noch ertönte das Lachen.

Beim zweiten Versuch fiel aus dem Karton eine kleine Clownsfigur heraus. Bob atmete erleichtert auf. »Sieht aus wie ein Scherzartikel zu Halloween. Ist zum Glück nur eine lachende Puppe mit Lautsprecher. Solche Figuren gibt es auch als Monsterbaby und Zombie.« Beherzt griff Bob nach dem Clown und fand einen kleinen Schalter an der Puppe. Als er diesen betätigte, wurde es still. »So, dieser Clown hat ausgelacht.«

Justus sah sich die Puppe genauer an. »Gut möglich, dass wir hier den nächsten Hinweis finden.«

Peter hatte währenddessen den Pappkarton untersucht. Triumphierend hielt er einen bedruckten Zettel hoch. »Just, du brauchst nicht weiterzusuchen. Hier ist die nächste Botschaft von Mr drei XXX.«

Bob nahm Peter den Zettel aus der

Hand. »Perfekt. Das ist der zugehörige Längengrad zu unserem Breitengrad vom Friedhof. Mit diesen beiden Zahlen können wir den Ort ermitteln. Kommt, gehen wir zurück in die Kaffeekanne. Dort haben wir eine Landkarte.«

Zurück in ihrem Geheimversteck breitete Bob auf dem Tisch die große Landkarte aus. Hier sah man Rocky Beach, die Küstenlinie und einen Teil des Pazifiks. Konzentriert ermittelte Bob durch die beiden Angaben einen bestimmten Punkt auf der Karte. Schließlich zeichnete er ein kleines Kreuz ein.

Peter blickte seinen Freund mit großen Augen an. »Das Kreuz ist im Wasser. Mitten im Pazifik.«

Justus sah genauer hin. »Nein, Peter. An der angegebenen Stelle ist eine winzige Insel eingezeichnet. Dort steht sehr klein geschrieben: Ghost Island. Geisterinsel.«

»Geisterinsel?«, wiederholte Peter entsetzt. »Das klingt ja noch schlimmer als Friedhof. Justus! Bob! Sagt bitte, dass ihr nicht dahin wollt!«

Doch seine beiden Freunde hoben die Daumen

und grinsten. Bob nahm ein Lineal und maß auf der Karte die Entfernung. »Die Insel ist nicht besonders weit von unserem Fischereihafen entfernt. Nur ein paar Seemeilen.«

»Und mit dem kleinen Angelboot von Onkel Titus haben wir Ghost Island schnell erreicht«, fuhr Justus fort. »Die Sache ist völlig ungefährlich. Denn erstens ist es heute fast windstill und es hat keinen Wellengang. Und zweitens gibt es keine Geister.«

Es dauerte eine Weile, bis auch Peter einverstanden war, die Geisterinsel zu erkunden. »Okay, ich bin dabei. Wir fahren hin, schauen uns kurz um und fahren wieder zurück.«

Bob faltete die Landkarte zusammen. »Alles klar. Aber diesmal sollten wir Rucksäcke mit der wichtigsten Detektivausrüstung mitnehmen. Auf jeden Fall Taschenlampen und ein Fernglas.«

»Und Proviant natürlich«, ergänzte Justus.

75:42 Kurz darauf kletterten die drei ??? die Stufen der Kaffeekanne hinab. Den holprigen Pfad entlang mussten sie ihre Räder schieben. Doch schon bald hatten sie die lange Küstenstraße erreicht und fuhren in Richtung Fischereihafen. Nach einer Meile bogen sie ab, und man konnte schon aus der Ferne das Geschrei der Möwen hören. Ab jetzt führte der Weg in engen Kurven zum Hafen hinunter. Justus nahm die Füße von den Pedalen. »So macht das Radfahren Spaß«, lachte er. »Kein Strampeln, nur lenken.«

An diesem Sonntag lagen die meisten Fischerboote ruhig im Hafen und kaum ein Mensch war zu sehen. Justus, Peter und Bob stellten ihre Räder am Blechschuppen des Hafenmeisters ab. »Zum Glück arbeitet Ernesto Porto am Sonntag nicht«, sagte Justus. »Sonst würde er uns dumme Fragen stellen, wohin wir mit dem Angelboot fahren.«

An der Mole saß ein alter Fischer und flickte seine Netze. »Heute gibt's keinen Fisch«, rief er ihnen entgegen. »Sonntag ist Ruhetag.«

Bob ging auf ihn zu und zog die Landkarte aus seinem Rucksack. »Dürfen wir Ihnen trotz Ruhetag eine Frage stellen?«

Der Fischer klopfte seine Pfeife aus. »Fragen? Fragen sind was für Leute, die zu viel Zeit haben. Aber raus mit der Sprache, Junge.«

Bob deutete auf der Karte auf die Stelle mit dem Kreuz. »Kennen Sie diese Insel? Die muss ganz in der Nähe sein.«

Der Fischer kratzte sich an seinem weißen Bart. »Oha! Die Geisterinsel? Natürlich kenne ich die. Jeder Fischer kennt sie und meidet die Gegend.«

Justus horchte auf. »Wieso? Was ist mit der Insel?«

»Mit der Insel ist gar nichts, Junge. Aber drumherum. Da liegen alte Wracks im Meer. Und die sind schlecht für uns Fischer, denn da verfangen sich leicht die Netze. Doch viel gibt es auf der Insel sowieso nicht zu sehen. Früher war da mal ein Knast.«

»Ein Knast?«, fragte Peter nach.

»Ja. Das Gefängnis. Da saßen Verbrecher und Ganoven hinter Gittern. So eine Insel ist nämlich sehr praktisch als Knast. Da braucht man keine Zäune, denn bis an Land kann niemand schwimmen.«

Justus' Neugier war geweckt. »Und was ist aus dem alten Gefängnis geworden?«

»Junge, das ist jetzt schon die vierte Frage. Sehe ich aus wie die Auskunft? So viel wie mit euch, habe ich die ganze Woche noch nicht gesprochen. Da bekommt man ja einen trockenen Mund. Fahrt doch hin und schaut euch die Geisterinsel selbst an. Und wenn ihr einen Geist entdeckt, dann grüßt ihn von mir.« Mit einem breiten Grinsen steckte der alte Mann sich die Pfeife wieder in den Mund und flickte weiter seine Netze.

Auf der Geisterinsel

Das Angelboot von Onkel Titus lag an einem Holzsteg in der Mitte des Hafens. Schon oft waren die drei Freunde mit der *Mathilda* zum Angeln aufs Meer hinausgefahren. *Mathilda*, so hatte Onkel Titus das kleine Boot benannt. Justus ging als Erster an Bord. »Schnappt euch jeder eine Schwimmweste«, rief er seinen beiden Freunden zu. »Ohne Schwimmweste dürfen wir nicht los. Das musste ich Onkel Titus versprechen.«

»Aye, aye, Käpt'n«, rief Bob zurück und kam auch an Bord. Schließlich löste Peter die Festmacher. »Leinen sind los, Just. Wir können ablegen.«

»Alles klar, dann werfe ich jetzt den Außenbordmotor an. Haltet euch fest.« Justus kannte sich mit der Mathilda gut aus, und kurz darauf fuhren die drei Jungs mit dem kleinen Boot an der Hafenmole entlang.

»Petri Heil!«, rief ihnen der Fischer von Land aus entgegen. »Und bringt mir einen Geist mit.«

Peter fand das gar nicht lustig. »Ich hasse alle Geschichten, die mit Geistern zu tun haben. Auch wenn ich weiß, dass es sie in Wirklichkeit nicht gibt.«

Als sie die Hafeneinfahrt hinter sich gelassen hatten, drehte Justus den Motor hoch und die *Mathilda* nahm Fahrt auf. Hungrige Möwen verfolgten das kleine Boot. Bob hatte mittlerweile wieder die Landkarte ausgebreitet. »Ich habe auch einen Kompass eingepackt. Damit können wir exakt die Richtung bestimmen. Schon bald müssten wir die Geisterinsel zu Gesicht bekommen.«

Nach einer Weile holte Peter das Fernglas aus einem der Rucksäcke und blickte hindurch. »Ich glaube, dort hinten kann ich schon etwas entdecken. So wie es aussieht, besteht die Insel aber nur aus gewaltigen Felsen.«

Je weiter sie sich der Insel näherten, desto mehr

konnten sie erkennen. Das Eiland war sehr klein und nur wenige Bäume wuchsen darauf. Ganz oben zeichneten sich die Umrisse eines Gebäudes ab. An einer abgeflachten Stelle entdeckte Justus einen Steg, der ins Wasser ragte. Er drosselte die Fahrt und steuerte darauf zu. »Wir legen hier an. Macht schon mal die Seile zum Festmachen klar.«

»Aye, aye, Käpt'n«, rief Bob erneut.

Gekonnt manövrierte Justus die *Mathilda* an den Steg heran und stoppte schließlich den Motor. »Okay, gut festknoten und dann steigen wir aus. Ich bin gespannt, was uns auf der Geisterinsel erwartet.«

Mittlerweile war Wind aufgekommen und kleine Wellen brachen sich an den Felsen der Insel. Vorsichtig tastete sich Peter auf dem Holzsteg voran. »Passt auf, die Bretter sind ganz schön morsch. Nicht, dass der Steg unter uns zusammenbricht. Ich glaube, die Geisterinsel hat schon lange kein Mensch mehr betreten.«

Immer noch zogen die Möwen ihre Runden über den Köpfen der drei ???. Vom Steg aus führte eine

Steintreppe durch die Felsen hinauf. Es roch nach Seetang und toten Fischen. Oben angekommen konnten die Freunde über die kleine Felseninsel blicken. Hier gab es nichts außer einem größeren Gebäude. Die Fenster waren vergittert und das Dach war teilweise eingefallen. Neben dem Eingang gab es rechts und links einen Wachturm.

»Das ist wirklich eine Strafe, wenn man hier im Gefängnis landet«, sagte Bob. »Da drin möchte ich keinen einzigen Tag verbringen.« Justus ging voran. »Zum Glück sind wir keine Verbrecher und können im Knast ein- und ausgehen, so wie es uns gefällt. Mir nach!«

Zwischen den Wachtürmen befand sich eine große, rostige Eisentür. Diese war aus den Angeln gebrochen und lag halb auf dem Boden. Entschlossen betrat Justus das ehemalige Gefängnis. Dicht gefolgt von Peter. »In der Mitte ist es am sichersten«, murmelte dieser leise. Hinter Peter ging Bob, der jetzt eine Taschenlampe aus seinem Rucksack holte. »Gut, dass wir uns vorbereitet haben.«

Hinter der Eingangstür befand sich eine kleine Halle. Durch das kaputte Dach fielen Wassertropfen auf den Steinboden und an mehreren Stellen hatte sich Moos gebildet. Nur wenig Licht drang von oben herein. Bob leuchtete mit der Taschenlampe in einen schummrigen Flur. Von hier gingen zu beiden Seiten die vergitterten Gefängniszellen ab. »Ich frage mich, wonach wir eigentlich suchen.«

»Das weiß man nie bei einer Suche nach etwas Unbekanntem, Bob«, sagte Justus, der energisch voranschritt. »Mr drei XXX hat uns hergeführt. Ich gehe davon aus, dass wir irgendwo einen weiteren Hinweis erhalten.«

Dicht an dicht reihten sich die Gefängniszellen. Sie hatten allesamt schwere Holztüren mit einem kleinen, vergitterten Fenster. Bob versuchte, eine der Türen zu öffnen. »Verschlossen«, sagte er und seine Stimme hallte an den Wänden des Zellenganges unheimlich wider. Vorsichtig stellte er sich auf die Zehenspitzen und versuchte, durch das kleine Fenster ins Innere der Zelle zu blicken. »Ich hoffe, da liegt nicht noch einer drin. Immerhin sind wir auf einer Geisterinsel.«

Peter fand das gar nicht lustig. »Hör auf mit dem Quatsch, Bob! Du weißt doch, dass ich diesen Geisterkram nicht mag.«

»Ja, schon gut. Keine Angst, die Zelle ist natürlich leer.«

Auch die nächsten Türen waren verschlossen, und die drei ??? wagten sich immer tiefer in den Zellengang. Zu ihrer Verwunderung war die letzte Tür nur angelehnt. Es war die Zelle Nummer 13. »Auch das noch«, stöhnte Peter. »13 ist eine Unglückszahl. Es gibt sogar Hotels, da wird die 13. Etage ausgelassen.« Ohne zu zögern, schob Justus die Zellentür ganz auf. »Wir sind aber nicht abergläubisch«, sagte er und trat ein.« Bob folgte ihm. »Verrückt. Jetzt sind wir schon zum zweiten Mal in einer Gefängniszelle. Dieser Fall ist wirklich speziell.« Peter hingegen trat nur halb in die Zelle und stellte seinen Fuß sicherheitshalber mitten auf die Schwelle. »Nicht, dass die Tür plötzlich zufällt und wir drei hier eingeschlossen sind. Ich habe mal einen Film gesehen, da ...«

»Peter, du siehst eindeutig zu viele Gruselfilme«, unterbrach ihn Bob. »Kein Wunder, dass deine Fantasie mit dir durchgeht.«

Justus hatte nun die Taschenlampe in der Hand und leuchtete die Zelle ab. »Es kann kein Zufall sein, dass gerade diese Tür offen stand, Freunde. Ich wette, Mr drei XXX hat hier für uns einen Hinweis

hinterlassen.« Nachdenklich betrachtete Justus die Wände. Eine davon war übersät mit Sprüchen, die von Gefangenen in den weichen Putz gekratzt worden waren. »Mein Gefühl sagt mir, dass hier irgendwo eine Botschaft versteckt ist. Ein Hinweis auf den Namen unseres Unbekannten zum Beispiel. Nur wo?«

SOS

Plötzlich zeigte Justus auf eine Stelle der Zellenwand. »Seht ihr das? Da steht: *J.D. war hier.* Womöglich war unser Mr drei XXX selbst einmal auf dieser Insel eingesperrt und hat an der Wand seine Initialen hinterlassen. Das könnten die Anfangsbuchstaben seines Vor- und Nachnamens sein.«

Bob zückte sofort seinen Notizblock und schrieb alles auf. »Sehr gut, Just. Das klingt für mich logisch. Jetzt haben wir einen Hinweis auf seinen Namen.«

Auch Peter schien überzeugt. »Das muss es sein. Wir sind einen großen Schritt weitergekommen. Nur leider gibt es viele Namen, die mit diesen Buchstaben anfangen. Aber wir haben ja noch einige Stunden Zeit, um das Rätsel zu lösen und das Duell zu gewinnen.«

Durch das offene Dach hörten die drei Detektive jetzt den Wind pfeifen und Wolkenfetzen waren am Himmel zu sehen. Bob steckte seinen Notizblock wieder ein. »Wir sollten lieber verschwinden, bevor es noch windiger wird.«

»Ja, lasst uns mit der *Mathilda* zurückfahren«, stimmte Justus zu. »Für größere Wellen ist das kleine Boot nicht gebaut. Wir haben schließlich die Informationen, die wir suchten.«

Doch als die drei ??? den Holzsteg erreichten, wartete eine böse Überraschung auf sie: Das Angelboot war verschwunden. »Oh nein!«, rief Justus entsetzt. »Wir haben die *Mathilda* nicht richtig festgemacht. Der Wind muss sie losgerissen haben und jetzt treibt sie aufs Festland zu.« Wellen klatschten an die rauen Felsen der Geisterinsel und Wasser spritzte hoch in die Luft. Bob holte das Fernglas aus dem Rucksack und suchte das Meer ab. »Mist! Ich kann das Boot nirgendwo entdecken.«

»Das würde uns auch nicht viel nützen«, sagte Peter mit leicht zittriger Stimme. »Wir würden es nämlich niemals schaffen, dorthin zu schwimmen. Nicht umsonst hat man das Gefängnis hier gebaut. Wenn wir Pech haben, dann sind wir auf dieser verdammten Insel selbst gefangen.«

Lange Zeit sprach keiner der drei Freunde ein Wort. Fieberhaft dachten sie darüber nach, wie sie aus dieser Situation wieder herauskommen könnten. Plötzlich hatte Bob eine Idee: »Angenommen, Mr drei XXX hört uns die ganze Zeit mit der schwarzen Box ab. Vielleicht hat er ein Einsehen und hilft uns, wenn wir ihm sagen, was los ist. Just, hast du noch die Alufolie um die Box gewickelt?«

Dieser schüttelte den Kopf. »Leider ist die ganze Sache noch viel schlimmer«, sagte er dann kleinlaut. »Die Box ist in meinem Rucksack mit dem Proviant. Und den Rucksack habe ich an Bord der Mathilda gelassen.«

Den drei ??? blieb nichts anderes übrig, als abzuwarten. Sie konnten nur hoffen, dass irgendein vorbeifahrendes Boot sie auf der Geisterinsel entdecken würde. Doch alle drei wussten, dass diese

Chance sehr gering war. Stunde um Stunde verging.

Als die Jungen beinahe sämtliche Hoffnung verloren hatten, entdeckte Peter plötzlich ein kleines Schiff, welches sich ihnen vom Festland her näherte. »He! Seht ihr das? Sieht aus wie eines der Fischerboote.«

Bob hatte es jetzt auch entdeckt. »Ja, eindeutig. Ein Fischerboot. Nur leider meiden die Fischer ja das Gebiet um die Geisterinsel. Wisst ihr noch? Die Sache mit den Wracks und den Netzen.« Doch das Boot schien Kurs zu halten und steuerte nach wie vor direkt auf sie zu.

Justus schnappte sich das Fernglas. »Das glaube ich nicht, Freunde! Was für ein Glück! Das Fischerboot hat die *Mathilda* im Schlepptau!«

Immer näher kam das Boot und bald konnten die drei Jungen alles mit bloßem Auge erkennen. Neben dem Steuerhaus stand der bärtige Fischer aus dem Hafen und winkte mit seiner Pfeife. An einem langen Seil wurde die *Mathilda* hinterhergezogen und hüpfte durch die Wellen. »Hier sind wir! Hallo! Hier!«, riefen die drei, so laut sie konnten, und winkten dabei mit den Armen. Vom Fischerboot her erklang daraufhin das Tuten eines Schiffshorns und kurze Zeit später legte das Boot längsseits am Holzsteg an. Der bärtige Fischer warf den Jungen ein Seil zu. »Hier, fangt und macht mich fest. Was macht ihr denn für Geschichten, Jungs? Vom Hafen aus habe ich auf einmal euer Angelboot auf dem Meer gesehen. Leer wie meine Brieftasche. Zum Glück wusste ich ja, dass ihr zur Geisterinsel wolltet.«

Justus ging erleichtert an Bord. »Ich bin froh, dass Sie die Mathilda entdeckt haben. Wir haben sie anscheinend am Steg nicht gut festgemacht.«

Der Fischer half auch Peter und Bob an Bord. »Ja, ja, das kann passieren, wenn man keine richtigen Seemannsknoten kann. Sagt euch der Palstek etwas? Das ist ein richtiger Knoten!« Die drei schüttelten die Köpfe. »Das habe ich mir gedacht, bei euch Landratten. Aber nun ist ja alles gut und ich bringe euch in den sicheren Hafen.«

Erleichtert setzten sich die drei ??? auf eine Bank und der Kapitän machte die Leinen wieder los. Dann steuerte er das Fischerboot von der Geisterinsel weg. »Diese Insel bringt nur Pech«, brummte er. »Ihr seht ziemlich durchgepustet aus. Ich mache euch erst mal in meiner Kombüse einen heißen Tee. Und ein paar Kekse finde ich auch noch. Da habe ich mir aber ein paar schöne Landratten gefischt.«

Justus, Peter und Bob bemerkten jetzt erst, dass sie fast den ganzen Tag nichts gegessen hatten. Hungrig stopften sie die Kekse in sich hinein und der heiße Tee wärmte sie auf.

Als sie schließlich den Hafen wieder erreichten, neigte sich die untergehende Sonne bereits dem Horizont entgegen. Erschöpft, aber froh über die Rettung, gingen die drei ??? von Bord. Justus reichte dem Fischer die Hand. »Ich weiß gar nicht, wie wir uns bei Ihnen bedanken sollen. Vielleicht können wir ...«

»Nun hör schon auf!«, unterbrach ihn der alte Fischer und grinste. »Rettung auf dem Meer ist Seemannspflicht. Und jetzt genug gequasselt. Das Gesabbel von heute reicht mir für ein ganzes Jahr.«

Die drei machten die *Mathilda* los und kurz darauf war das kleine Angelboot wieder am Steg an seinem Platz. Doch als Justus das Seil zum Festmachen in den Händen hielt, zuckte er plötzlich zusammen. »Das darf doch nicht wahr sein!«, flüsterte er und sah seine beiden Freunde entsetzt an. »Der Knoten auf der Geisterinsel hat sich gar nicht gelöst. Das Seil ist durchgeschnitten worden!«

Fassungslos starrte Peter ihn an. »Garantiert steckt Mr drei XXX dahinter. Für mich ist das Ganze allmählich kein Spiel mehr.«

»Für heute beenden wir den Fall«, sagte Justus. »Lasst uns nach Hause fahren und morgen früh treffen wir uns um acht Uhr bei Fred Fireman. Aus dem Fall ist ein Ernstfall geworden.«

Giftgrün

Als Justus am Montagmorgen auf dem Marktplatz eintraf, warteten seine Freunde bereits auf ihn. Bob deutete zur Kirchturmuhr hinauf. »Hi, Just. Was ist mit deinem Monsterwecker los? Du bist eine Viertelstunde zu spät.« Leicht verschwitzt stellte Justus sein Rad am Rand des Brunnens ab. »Der Wecker ist heute auf meiner Fensterbank fast explodiert. Leider viel zu spät, sonst hätte ich nicht verschlafen.«

»Der Tag geht ja gut los«, stöhnte Peter. »Die Erfindungen deines Onkels halten nie sehr lang. Von den 100 Stunden bleiben uns jetzt nur noch knapp 54, um den Fall zu lösen. Hast du die schwarze Box dabei?«

Justus zog sie aus seinem Rucksack und befreite sie von der Aluminiumfolie. »Unser Mr drei XXX wird sich wahrscheinlich wundern, dass er keinen Empfang mehr hat.« Kaum hatte Justus dies ausgesprochen, erklang auch schon die mysteriöse Stimme: *»Guten Morgen. Wie ich höre, seid ihr wieder am Start. Sehr gut, dann kann unser Spielchen ja weitergehen. Verzeiht mir meinen kleinen Schabernack mit dem durchtrennten Seil. Aber man sollte sein Boot nie unbeaufsichtigt lassen. Ich bin allerdings sehr traurig, dass ihr meine wunderbare Box manipuliert habt. Kein Sterbenswörtchen konnte ich von euch hören. Und da ihr euch nicht an die Spielregeln gehalten habt, muss ich euch leider ein wenig bestrafen. Denn wer nicht hören will, muss fühlen. Das Unheil ist bereits mit der Post unterwegs. Wenn ihr es nicht stoppt, dann wird euer guter Detektivname in den Dreck gezogen. Vier giftgrüne Pakete sind auf dem Weg zu ihren Empfängern. Und ihr Inhalt ist schrecklich! Auf die Plätze, fertig, los!«*

Der unheimlichen Stimme folgte ein hässliches Lachen und Peter schluckte schwer. »Was hat denn das schon wieder zu bedeuten?«

»Keine Ahnung«, sagte Bob. »Mr drei XXX hat irgendetwas von vier giftgrünen Paketen erzählt.«

»Die mit der Post unterwegs sind«, ergänzte Justus und zeigte auf einen Postwagen, der sich gerade von Porters Gemischtwarenladen entfernte. Am Steuer saß eine junge Postbotin.

Vor dem Geschäft am Marktplatz stapelten sich jede Menge Pakete und Mr Porter zählte sie gerade durch. Bei Porter gab es alles, was das Herz begehrte: von der Fliegenklatsche bis zum Backpulver. Justus kletterte auf den Brunnenrand, um besser sehen zu können. Plötzlich zuckte er zusammen. »So ein Mist«, zischte er. »Zwischen den Paketen vor Porters Laden befindet sich tatsächlich eins in giftgrüner Farbe. Mr drei XXX hat also nicht geblufft. Er ist dabei, seine Drohung wahrzumachen.«

Peter hatte das Paket jetzt auch entdeckt. »Was wird da drin sein?«

»Auf jeden Fall nichts Schönes«, überlegte Bob. »Unser guter Name soll damit in den Dreck gezogen werden. Also müssen wir mit aller Kraft verhindern, dass Porter diesen Karton aufmacht. Just, hast du eine Idee?«

Der Anführer der Detektive kletterte vom Brunnenrand. »Wir müssen improvisieren, Freunde. Los, mir hinterher! Irgendetwas wird uns schon einfallen. Uns bleibt nicht mehr viel Zeit, bis Porter den auffälligen Karton bemerkt.«

Als die drei ??? mit schnellen Schritten auf den Kaufmann zugingen, begrüßte dieser sie freundlich. »Guten Morgen, alle zusammen. Der Montag fängt gut an, wenn Kundschaft naht. Aber ich öffne erst um neun Uhr. So lang müsst ihr leider noch warten.«

Justus knetete seine Unterlippe und dachte fieberhaft nach. Dann plötzlich hatte er eine Idee. »Guten Morgen, Mr Porter. Wir wollten nichts einkaufen, wir haben nur eine Frage. Die Ferien liegen vor uns und wir würden gerne unser Taschengeld aufbessern. Brauchen Sie nicht Hilfe, um zum Beispiel die bestellte Ware ins Geschäft zu tragen?«

Der Kaufmann sah Justus verwundert an. »Äh, ja,

ich kann Hilfe immer gut gebrauchen. Mein Problem ist allerdings, dass ich ungern dafür bezahle.«

Bob übernahm jetzt. »Wir verlangen auch nicht viel. Kleine Hilfe, kleines Geld. Sagen wir 50 Cent.«

»50 Cent für uns alle drei«, schob Peter nach.

Mr Porter huschte ein Lächeln über die Lippen. »Ich glaube, das ist ein Angebot, das ich nicht ablehnen kann. Ihr bekommt von mir einen Gutschein über 50 Cent. Den könnt ihr dann im Geschäft für

Süßigkeiten einlösen. Ist das ein Deal?« Die drei ??? hoben die Daumen.

»Wo sollen wir die Pakete hintragen?«, fragte Justus.

»Stellt bitte zunächst alles in den Keller. Ich werde die Ware später auspacken.«

Die drei Freunde verschwendeten keine Sekunde und begannen sofort mit der Arbeit. Mr Porter war damit beschäftigt, Kleingeld in seine Registrierkasse zu füllen. Bob schnappte sich sogleich das giftgrüne Paket. »Jetzt schnell in den Keller damit«, sagte er leise. Beladen mit weiteren Kartons folgten ihm Justus und Peter. Eine schmale Treppe am hinteren Ende des Ladens führte in den Lagerkeller. Hinter einem Regal legte Bob das verdächtige Paket auf den Boden. »Ich will jetzt endlich wissen, was da drin ist.«

»Hoffentlich nichts Gefährliches«, murmelte Peter und trat ein wenig zur Seite. Bob riss entschlossen das Paket auf. »Was zum Teufel ist das denn?«, entfuhr es ihm. Der Karton war vollgepackt mit den seltsamsten Dingen. Stück für Stück packte Bob alles aus. »Seht euch das an: Eine Rattenfalle. Eine Puppe ohne Kopf. Ein Totenschädel aus Plastik. Was soll das, Just?«

»Das soll auf jeden Fall Angst und Schrecken verbreiten.« Neben einer Gummispinne fand Justus einen zusammengefalteten Zettel. »Ich glaube, gleich werden wir wissen, was es damit auf sich hat.«

»Das gibt es doch gar nicht«, stammelte Peter. »Das ist ein Erpresserschreiben. Und in Rocky Beach gibt es einige, die wissen, dass wir uns die drei ??? nennen. Denkt zum Beispiel an Kommissar Reynolds.

Wenn das Ganze an die Öffentlichkeit gerät, sind wir erledigt.«

Hektisch zerriss Justus den Zettel mit den ausgeschnittenen Buchstaben. »Genau das hat uns Mr drei XXX angedroht. Wenn Porter das Paket gefunden hätte, wäre er damit sofort zur Polizei gelaufen. Was dann passiert wäre, können wir uns denken. Zum Glück haben wir den Karton rechtzeitig abgefangen.«

Bob nahm das Paket und stopfte es samt Inhalt in eine große Mülltonne, die im Keller stand. »Das wäre erledigt«, sagte er. »Aber was ist mit den anderen giftgrünen Päckchen? Mr drei XXX sprach von vier Stück.«

Justus warf die zerrissenen Papierschnipsel des Erpresserschreibens ebenfalls in die Mülltonne und schloss den Deckel. »Die müssen wir auch abfangen, Kollegen. Egal wie. Wir dürfen keine Sekunde länger warten.«

Eiszeit

53:01

Als die drei die Kellertreppe wieder hochstiegen, kam ihnen Mr Porter entgegen. »Wo bleibt ihr denn? Was habt ihr so lange im Keller gemacht? In einer Minute öffne ich mein Geschäft und draußen vor der Tür stehen immer noch Kartons.«

»Wir müssen unseren Job leider mit sofortiger Wirkung kündigen und ganz schnell weg, Mr Porter«, sagte Justus.

»Kündigen?«, rief der Kaufmann verwundert. »Bei mir hat noch nie einer gekündigt. Das habe ich immer selbst getan. Was ist nur los mit der Jugend von heute? Warum müsst ihr so schnell weg?« Bob versuchte, sich eine Ausrede auszudenken, doch ihm fiel nichts Gutes ein. »Wir ... wir ... wir müssen alle drei dringend zur Toilette. Auf Wiedersehen.«

Als sie wieder draußen standen, musste Peter laut lachen. »Das ist ja wohl die dümmste Ausrede, die ich je gehört habe, Bob.« Doch in diesem Moment rollte der Postwagen erneut über das Kopfsteinpflaster des Marktplatzes. »Kollegen, das ist unsere Chance!«, rief Justus und stellte sich dem Wagen in den Weg. Die Postbotin am Steuer bremste abrupt ab und öffnete das Seitenfenster. »Pass doch auf, Junge! Du bist vor meinen Wagen gelaufen«, rief sie Justus verärgert zu. »Was soll das?«

»Es tut mir leid, aber wir brauchen dringend Ihre Hilfe. Es geht um vier grüne Pakete.«

»Grüne Pakete?«, wiederholte die Frau. »Was soll damit sein?«

Fieberhaft versuchte Justus, sich eine glaubwürdige Geschichte auszudenken. Mit der Wahrheit konnte er natürlich nicht herausrücken. Dann hatte er eine Idee. »Äh, diese grünen Pakete hat meine Tante verschickt. Es sind Geburtstagsgeschenke. Doch beim Einpacken ist ihr der Ehering vom Finger gerutscht. Der muss jetzt in einem der grünen Pakete sein. Sie weint schon den ganzen Morgen und wir wollen ihr helfen, den Ring wiederzufinden. Können Sie uns sagen, zu welchen Adressen Sie die vier grünen Pakete gebracht haben?«

Die Postbotin sah Justus mit großen Augen an. »So eine verrückte Geschichte habe ich ja noch nie gehört. Ist das wirklich wahr?«

Justus nickte. Doch hinter seinem Rücken kreuzte er dabei seine Finger.

»Nun gut. Das scheint mir ein Notfall zu sein«, sagte die junge Frau. »Adressen gehören natürlich zum Postgeheimnis. Aber ich werde in diesem Fall eine Ausnahme machen. Solche giftgrünen Pakete befördere ich schließlich nicht jeden Tag und ich weiß noch genau, wo ich sie abgeliefert habe. Das war bei Mr Porter, bei Giovannis Eiscafé, beim Buchladen und bei Bud Norris' Bar.«

Justus atmete erleichtert auf. »Vielen Dank! Sie haben uns sehr geholfen. Es ist wirklich ein Notfall!«

Doch plötzlich verfinsterte sich die Mine der Postbotin. »Aber sag mal, Junge, wenn deine Tante die Geburtstagspakete selbst verschickt hat, dann muss sie doch eigentlich die Adressen wissen, oder?«

Justus versuchte, sich mit einer weiteren Notlüge herauszureden. »Ja, äh, das stimmt. Aber meine Tante ist leider sehr vergesslich.« Dann rannten die drei ??? schnell davon.

Wütend rief ihnen die Postbotin hinterher: »Frechheit! Ihr habt mich für dumm verkauft. Eure Gesichter merke ich mir.«

Hinter einer Hausecke blieben die drei Freunde stehen und Peter blickte vorsichtig zum Marktplatz hinüber. »Zum Glück ist sie weitergefahren. Das war die fetteste Lüge, die ich je von dir gehört habe, Just.«

»Besondere Situationen erfordern manchmal besondere Maßnahmen«, keuchte Justus. »Wir haben damit aber keinen Schaden angerichtet.«

Bob zückte seinen Notizblock. »Und wir wissen nun die entscheidenden Adressen. Ich habe alles aufgeschrieben. Porters Paket ist erledigt. Bleiben Giovanni, der Buchladen und Norris' Bar.«

»Fangen wir bei Giovanni an«, entschied Justus. »Sein Eiscafé befindet sich direkt neben der Polizeiwache, und wie ich sehe, stellt er gerade die Cafétische nach draußen.«

Die drei ??? gingen eilig zum Eiscafé hinüber. Bei Giovanni gab es das beste Eis in Rocky Beach. Justus lief vorweg. »Wir müssen Zeit gewinnen und Giovanni in ein Gespräch verwickeln. Unser Ziel ist es, das grüne Paket bei ihm zu finden. Zum Glück habe ich Geld dabei.«

»Guten Morgen, Bambini«, wurden sie von Giovanni freundlich begrüßt. »Wie ich sehe, haben eure Ferien begonnen? Was darf ich euch in die Waffeln drücken? Wollt ihr in die Karte schauen?«

Justus schüttelte den Kopf. »Nein, wir nehmen das Gleiche wie immer. Für mich fünf Kugeln Zitrone mit doppelt Sahne.«

»Und für mich wie immer einen Bananensplit«, fügte Bob hinzu.

»Und auch bei mir ist der Fall klar«, ergänzte Peter. »Ich nehme natürlich einen Rocky Beach Spezial. Eine Kugel Vanille, eine Kugel Erdbeere und eine Kugel Blaubeere. Weiß, rot, blau.«

»Sehr gut, Bambini. Setzt euch! Das Eis kommt sofort.« Nervös nahmen die drei ??? auf den Caféstühlen Platz und Bob blickte sich um. »Ich denke nicht, dass Giovanni das Paket schon aufgemacht hat«, sagte er leise. »Sonst hätte er nicht so gute Laune.«

»Das glaube ich auch«, antwortete Peter. »Doch leider ist nirgends etwas von einem giftgrünen Karton zu sehen. Bei Porter war das einfacher. Was denkst du, Just?«

»Wahrscheinlich befindet sich das Päckchen irgendwo im Café und nicht draußen. Diesmal wird es schwieriger. Aber uns wird schon was einfallen.«

Kurz darauf kam Giovanni mit einem großen Tablett zurück. »Und hier kommt eure Bestellung. Buon appetito und einen schönen Ferienstart.«

Sofort machten sich die drei Freunde über ihre Eisportionen her. Auch andere Besucher hatte an diesem sonnigen Morgen das Café angelockt und schnell waren alle Stühle besetzt. Bob hatte als Erster seine Portion aufgegessen und wischte sich mit einer Serviette den Mund ab. »Okay, Kollegen«, sagte er leise, »ich werde im Café die Lage auskundschaften. Und dafür hilft mir jetzt noch mal der Toilettentrick.«

Als Giovanni eine ältere Dame am Nachbartisch bediente, verzog Bob plötzlich sein Gesicht und fasste sich an den Bauch. »Oh, oh, oh, ich glaube, ich habe zu viel Eis gegessen«, stöhnte er laut. »Darf ich mal die Toilette benutzen?« Giovanni sah ihn verwundert an. »Zu viel Eis? Das habe ich noch nie von einem Kind gehört. Aber kein Problem. Die Toilette ist gleich rechts neben dem Eistresen.«

Bob zwinkerte seinen beiden Freunden zu und verschwand dann im Café. Nach kurzer Zeit kam er wieder nach draußen. »Ich habe das grüne Paket entdeckt«, flüsterte er. »Es liegt mit der anderen Post direkt hinter dem Tresen. Leider ist es unmöglich, sich das Paket einfach zu schnappen. Giovanni würde das sofort merken.«

Auch Peter wischte sich nun den Mund mit einer Serviette sauber. »Dann müssen wir ihn eben ablenken. Wundert euch nicht, was ich gleich mache. Aber es ist, wie Just gesagt hat: Manche Situationen erfordern besondere Maßnahmen.« Mit diesen Worten schlug Peter plötzlich wild um sich und schrie: »Oh nein! Eine Wespe! Weg mit dir! Weg! Weg! Weg!« Ruckartig sprang er auf und riss dabei den Cafétisch um. Krachend und klirrend fielen die Eisbecher und Teller auf den Boden. Alles war voller Scherben. Am Nachbartisch fing der Hund einer älteren Dame an zu bellen und wollte sich losreißen. »Purzelchen! Bei Fuß. Bleib bei Mama! Du verletzt dich noch an den Scherben. Was sind das nur für Kinder heutzutage«, schimpfte sie lautstark. »Nur Fast Food und Unsinn im Kopf. Nicht einmal vernünftig Eis essen können sie.«

Hektisch kam jetzt Giovanni angelaufen. In der Hand hielt er Schaufel und Kehrbesen. »Alles gut. So etwas kann passieren. Scherben bringen Glück.« Peter stand immer noch und wirkte ganz verzweifelt. »Es tut mir leid, Giovanni, da war eine Wespe. Ich glaube, sie hat mich in den Finger gestochen.« Der Eisverkäufer blickte auf seine Hand. »Au! Das kann weh tun. Geh schnell zur Toilette und lass kaltes Wasser drüberlaufen.« Blitzschnell schnappte sich Peter Justus' Rucksack und verschwand im Café. Giovanni machte sich währenddessen daran, die Scherben zusammenzufegen. Justus und Bob wollten helfen, doch der Cafébesitzer hielt sie davon ab. »Nein, die Scherben nicht anfassen! Wir haben schon genug Verletzte.«

Kaum war er fertig, erschien Peter wieder. Er hob den Daumen. Justus' Rucksack war prall gefüllt. »Es tut mir wirklich leid«, sagte er. »Zum Glück hat die Wespe nicht richtig zugestochen.« Giovanni war erleichtert. »Das nenne ich Glück im Unglück. Leider lieben nicht nur die Menschen mein Eis. Aber wisst ihr was? Auf diesen Schreck hin müsst ihr diesmal nichts bezahlen. Ich gebe euch das Eis aus. Es ist gratis.«

Die drei ??? bedankten sich und verließen das

Café. Peter war die Sache sehr unangenehm. »Wirklich peinlich. Erst tue ich so, als hätte mich eine Wespe gestochen, dann mache ich eine Menge Geschirr kaputt, klaue Giovanni ein Postpaket und am Ende bekommen wir auch noch das Eis geschenkt.« Justus schüttelte den Kopf. »Blödsinn, das

Paket hast du nicht gestohlen. Es ist schließlich das Erpresserpaket von unserem Mr drei XXX.« Bob sah es genau so. »Richtig, und die Aktion war großartig. Gut gemacht!«

Hinter einer Hausecke zog Peter das giftgrüne Paket aus dem Rucksack. »Jetzt haben wir Nummer zwei auch gesichert.«

Frischer Lesestoff

Aufgeregt stopfte Peter das Paket in den Rucksack zurück. »Dann geht es weiter zum Buchladen. Los! Hoffentlich kommen wir noch rechtzeitig.«

Das kleine Buchgeschäft lag in der Nähe der Kirche und jeder in Rocky Beach kannte es. Schon oft hatten die drei ??? hier nach passendem Lesestoff gestöbert. Als sie jedoch dort eintrafen, war die Tür verschlossen. Bob zeigte auf ein kleines Schild. »Der Laden öffnet erst um 10 Uhr. Aber die Postbotin sagte, dass sie das Paket bereits zugestellt hat.« Justus sah sich um. »Vielleicht gibt es einen Ablageort. Tante Mathilda und Onkel Titus haben auch so etwas für Pakete, die geliefert werden.«

Neben der Tür stand eine große Aluminiumkiste. Als Justus sie vorsichtig öffnete, wurde er fündig.

»Na bitte!«, strahlte er. »Einige Büchersendungen und obendrauf liegt unser giftgrünes Paket. Es ist zwar flacher und kleiner als die beiden anderen, aber da drin befindet sich garantiert das gleiche Erpresserschreiben.«

In diesem Moment kam eine Frau mit dem Rad angefahren und Justus schloss schnell wieder den Deckel der großen Kiste. Es war die Buchhändlerin, die sie freundlich begrüßte: »Guten Morgen, ihr drei. Ihr sucht bestimmt Lesefutter für die Ferien, oder?« Bob nickte etwas verlegen. »Ja, genau. Ferien ohne Bücher kann ich mir gar nicht vorstellen.« Die Buchhändlerin stellte ihr Rad ab und stand jetzt mit dem Rücken zur großen Aluminiumkiste. »Da finden wir etwas für euch. Zum Beispiel gibt es eine wunderbare Geschichte über einen kleinen Seehund, der seine Eltern verloren hat. Ein alter Kapitän kümmert sich um ihn und entlockt dem Heuler ein spannendes Geheimnis.« Bob hörte aufmerksam zu. »Klingt gut. Aber irgendwie habe ich das Gefühl, als hätte ich die Geschichte schon mal gehört.«

Während des Gesprächs öffnete Justus blitzschnell den Deckel der Aluminiumkiste und schnappte sich das giftgrüne Paket. Doch Peter wedelte aufgeregt mit den Armen und deutete auf seinen vollgestopften Rucksack. Schließlich wusste sich Justus keinen besseren Rat und schob das Paket unter sein T-Shirt. Es war im letzten Moment, denn die Buchhändlerin drehte sich jetzt um und schloss die Tür ihres Ladens auf.

»Vielen Dank für Ihre Buchempfehlung«, sagte

Bob. »Ich habe mir die Geschichte gemerkt und wir kommen bald wieder.«

»Ja, macht das. Schöne Ferien wünsche ich euch.«

Eilig verschwanden die drei ???, und hinter der nächsten Hausecke zog Justus das Paket unter seinem T-Shirt hervor. »Das war knapp«, keuchte er. »Um ein Haar hätte sie uns erwischt. Aber zum Glück haben wir jetzt das dritte Paket gesichert.«

Peter holte das Paket von Giovanni aus dem Rucksack und riss es auf. »Wie wir uns gedacht haben. Das gleiche Zeug und das gleiche Erpresserschreiben.« Justus öffnete das flache Paket der Buchhändlerin. »In diesem fehlen die Puppe und der Totenkopf. Wahrscheinlich hatte unser Mr drei XXX keine mehr. Aber das Erpresserschreiben ist identisch.«

In einer Seitenstraße stand ein Müllcontainer und die drei Detektive ließen die beiden Pakete unter Müllsäcken verschwinden. »Jetzt nur noch Nummer vier«, sagte Bob. »Ich glaube allerdings, dieses Paket wird das komplizierteste. Auf zur Bar von Bud Norris!«

51:37

Wie immer war die Norris' Bar schon am Vormittag gut besucht. Als sie dort ankamen, warf Peter einen Blick durch die verdreckten Scheiben. »Sollen wir da wirklich reingehen?«, fragte er unsicher. »Auf Skinny Norris kann ich heute gut verzichten.«

»Gerade hier ist es wichtig, dass wir das Paket zurückbekommen«, bestimmte Justus. »Wenn Skinny das gefälschte Erpresserschreiben in die Hand kriegt, wird er in die Luft springen vor Freude und die Chance nutzen, uns eins auszuwischen. Los, mir nach! Wir müssen wieder improvisieren.«

Entschlossen öffnete Justus die Tür und trat ein. Etwas zögernd folgten ihm Peter und Bob. In der Bar war es schummrig und es roch nach Zigarettenrauch, Bier und alten Frikadellen. Aus einem kleinen Lautsprecher plärrte Musik. Fast alle Tische waren besetzt. Nur direkt neben dem Eingang war noch einer frei und die drei Freunde nahmen Platz. Kurz darauf kam Bud Norris zu ihnen. Über seiner

Schulter hing ein verdrecktes Geschirrtuch. »Seid ihr euch sicher, dass das der richtige Laden für euch ist?«, brummte er.

Justus musste schlucken. »Äh, ja schon. Hier kann man doch Getränke bestellen, oder?«

»Du machst mir Witze. Natürlich bekommt man in einer Bar was zu trinken. Ich habe alles da, außer Milch.«

Bob rutschte unruhig auf seinem Stuhl hin und her. »Dann hätten wir gern eine Flasche Brause.« Bud Norris beugte sich zu ihm herunter. »Brause? Das hat noch nie einer bestellt. Aber irgendwo müsste ich noch eine Flasche haben. Frikadelle dazu?« Die drei Jungen schüttelten gleichzeitig ihre Köpfe. »Dann macht das vier Dollar. In der Norris' Bar ist Vorkasse angesagt. Erst die Kohle, dann gibt's was zu trinken.« Justus griff in seine Tasche und legte das Geld auf den Tisch.

Wenig später kam Bud Norris mit einer Flasche Brause und drei trüben Gläsern zurück. »Prost. Endlich bin ich die Flasche los.« Bob warf einen Blick auf das Etikett. »Seit drei Jahren ist die Haltbarkeit abgelaufen«, sagte er ganz leise. »Bloß nichts davon trinken.«

Justus dachte fieberhaft über einen Plan nach. Dann wandte er sich an Bud Norris. »Haben Sie hier eine Toilette?«, fragte er.

»Noch nichts getrunken und du suchst schon ein Klo? Na, von mir aus. Dort hinten links, neben dem Tresen. Und immer der Nase nach.«

»Danke. Wir müssen nämlich alle drei.«

»Alle drei? Vielleicht solltet ihr es mal mit Windeln probieren.« Lauthals lachend verschwand der Wirt wieder hinter seinem Tresen.

Justus gab seinen beiden Freunden ein Zeichen. »Der Toilettentrick von Bob ist wirklich gut. Los, mir nach. Wir müssen uns genau umsehen.«

Niemand in der Bar schien von ihnen Notiz zu nehmen, und die drei ??? schoben sich durch die Menge. Natürlich war die Toilette nur ein Vorwand. Abseits der Bar führte ein schmaler Gang in einen größeren Vorratsraum. Ganz vorn stand ein riesiger

Kühlschrank. Justus zog seine beiden Freunde zu sich. »Schnell! Hinter dem Kühlschrank können wir uns verstecken und alles beobachten.«

Die laute Musik aus der Bar war bis hierhin zu hören. Plötzlich tauchte aus einem weiteren Eingang Skinny Norris auf. In der Hand hielt er eine Getränkekiste. Er begann, die Flaschen in ein Regal zu füllen und rief laut: »Dad! Du musst bald wieder neuen Wein bestellen. Auch die Erdnüsse sind alle.« Vom Tresen her dröhnte die Stimme seines Vaters zurück: »Erdnüsse? Die müssten eigentlich mit der Post gekommen sein. Sieh mal nach, Skinny!«

»Mit der Post kam heute nur ein grünes Paket. Aber ich schau mir das an.«

Peter zuckte zusammen. »Oh nein! Gleich macht er es auf. Wir kommen zu spät.«

Aus ihrem Versteck heraus konnten die drei ??? beobachten, wie Skinny Norris ein giftgrünes Paket unter einem Tisch hervorzog. Als er es öffnete, rollte er mit den Augen. »Dad! Das glaubst du nicht«, rief er laut. »In dem Paket ist eine Puppe ohne Kopf, eine

Gummispinne, ein Totenschädel aus Plastik und etwas, das aussieht wie eine Rattenfalle.« Die Musik in der Bar wurde lauter. »Dad? Hast du mich gehört? Dad?«

Bob drehte sich nervös zu Justus um. »Wir müssen sofort etwas unternehmen. Gleich wird Skinny den Erpresserbrief finden. So ein Mist!« Doch nicht Justus unternahm etwas, sondern Peter wagte sich plötzlich aus dem Versteck heraus. Zielstrebig ging er auf Skinny Norris zu. Diesem klappte die Kinnlade herunter, als er Peter erblickte. »Hä? Wie kommst du denn hierher? Und wo sind die anderen beiden kleinen Schweinchen? Ihr taucht doch immer zu dritt auf. Wollt ihr mir etwa wieder diese sprechende Box unter die Nase halten?«

Aber Peter blieb ruhig. »Nein, Skinny. Ich bin allein, denn ich wollte dich etwas fragen.«

»Du willst mich was fragen?«

»Ja, zu deinem Motorroller. Der sieht nämlich echt klasse aus. Hast du eigentlich daran rumgeschraubt oder ist alles original?«

Plötzlich huschte ein Lächeln über das Gesicht von Skinny Norris. »Hm, du scheinst dich damit auszukennen. Natürlich ist meine Maschine nicht original. Ich habe da ein paar kleine Sachen eingebaut. Sie ist jetzt lauter und schneller.«

Peter deutete auf die Tür, die zum Seitenausgang führte. »Darf ich mir den Scooter mal genauer ansehen? Ich glaube, du hast auch einen höheren Lenker angeschraubt, oder?«

»He! Du bist ein echter Profi. Klar, die Maschine soll ja richtig cool aussehen. Hoher Lenker, extra Speziallackierung und superhelle LED-Strahler. Okay, komm mit raus! Ich zeig dir, was ich alles umgebaut habe.« Stolz legte Skinny Norris das grüne Paket beiseite und ging zum Hinterausgang. Peter sah sich noch einmal zu seinen beiden Freunden um und folgte Skinny dann.

Justus war beeindruckt. »Das war perfekt von Peter«, flüsterte er. »Los, Bob. Wir schnappen uns den Erpresserbrief.« Eilig hasteten die beiden durch den Raum und wühlten in dem Paket. Sekunden später hielt Bob den gesuchten Zettel in der Hand. »Ich hab ihn. Jetzt raus hier!«

Anschließend gingen die beiden Jungen mit schnellen Schritten am Tresen vorbei. Als sie die Eingangstür der Bar erreichten, rief ihnen Bud Norris hinterher: »Ihr haut schon wieder ab? Ich hab doch gesagt, dass Brause nicht schmeckt. Kommt wieder, wenn ihr groß seid und nicht mehr in die Windeln macht.« Alle in der Bar begannen schallend zu lachen. Justus und Bob waren froh, als sie endlich wieder draußen standen.

Kurz darauf stieß auch Peter von der Seitenstraße aus zu ihnen. Er war allein. »Und? Habt ihr meinen Plan verstanden?«, fragte er aufgeregt.

Justus hob den Daumen. »Ja, wir haben den Erpresserbrief. Du hast genau gewusst, wie du Skinny auf deine Seite ziehen kannst.«

»Stimmt. Der Motorroller ist sein Ein und Alles. Er hat mir alles gezeigt und wollte gar nicht mehr aufhören. Eigentlich kann einem Skinny richtig leidtun, bei so einem Vater.«

Alleingang

Bob faltete den Erpresserbrief mit den ausgeschnittenen Buchstaben zusammen und steckte ihn in seine Hosentasche. »Langsam wird mir die Sache mit Mr drei XXX zu unheimlich. Vielleicht sollten wir lieber zur Polizei gehen.« Justus legte den Zeigefinger auf die Lippen. Dann nahm er die Box aus seinem Rucksack und wickelte sie wieder mit der Aluminiumfolie ein. »Sicher ist sicher«, sagte er anschließend. »Sonst bekommt Mr drei XXX alles mit. Ja, mit den Erpresserbriefen hört der Spaß auf. Du hast recht, Bob. Wir erzählen die ganze Geschichte der Polizei. Ich hoffe, Kommissar Reynolds ist mittlerweile wieder aus Los Angeles zurück.«

Doch auf dem Polizeirevier erfüllten sich ihre Hoffnungen nicht. Inspektor Taggart schüttelte den

Kopf. »Nein, tut mir leid. Kommissar Reynolds ist noch bis morgen auf der Fortbildung. Ich habe hier solange das Kommando übernommen. Was wollt ihr bitte schön? Aber fasst euch kurz. Heute ist jede Menge los.«

»Es handelt sich um anonyme Schreiben und Drohungen«, begann Justus. »Jemand, den wir nicht kennen, versucht, uns …«

Inspektor Taggart unterbrach ihn. »Verstehe, verstehe. Diese ganzen Drohungen und Beleidigungen sind ein Fluch. Gerade im Internet. Täglich rufen Leute bei uns an, die sich darüber beschweren. Doch die Polizei kann nicht überall sein.« Dann überreichte er den drei ??? ein Formular. »Schreibt euer Anliegen hier rein. Füllt alle Felder aus, das Ganze wird dann bearbeitet. Das kann aber eine Weile dauern. So, und jetzt muss ich los, denn ich werde zum großen Feuerwehrfest erwartet. Auch der Bürgermeister, Mr Plimsfield, ist da.« Mit diesen Worten verschwand Inspektor Taggart aus der Tür.

Bob verzog sein Gesicht. »Von dem dürfen wir keine Hilfe erwarten.«

»Das sehe ich auch so«, stimmte ihm Justus zu. »Wir werden morgen wiederkommen, wenn Kommissar Reynolds aus Los Angeles zurück ist. Gehen wir.«

Die Räder der drei ??? standen immer noch am Brunnen des Marktplatzes. Doch als Peter sein Schloss öffnen wollte, machte er eine Entdeckung. »Kollegen, seht euch das an! Auf meinem Gepäckträger klemmt ein Brief.«

Bob zuckte zusammen. »Oh nein! Und der ist giftgrün! Das wird wieder eine Botschaft von Mr drei XXX sein.« Justus nahm Bob das Papier ab und faltete den Zettel auf. »Wie Peter vermutet hat. Eine Botschaft an uns. Hier steht: *Wiederholt habt ihr meine Anweisung missachtet und die Box manipuliert. Darum werdet diesmal nicht nur ihr bestraft, sondern die ganze Stadt. Aber alles wird auf euch zurückfallen. Das Feuerwehrfest wird ein Fiasko werden. Die Zeit läuft.*«

Peter blickte auf den Zettel. »Was ist denn ein Fiasko?«, fragte er nervös.

»Auf jeden Fall etwas Schlimmes«, antwortete Bob. »Und das wird beim Feuerwehrfest passieren. Mr drei XXX hat irgendetwas Gemeines vor.«

Justus steckte den Zettel ein. »Garantiert. Aber mit diesem Erpresserbrief haben wir jetzt einen Beweis. Taggart muss uns zuhören. Wie jedes Jahr findet das Feuerwehrfest auf dem großen Platz bei der Feuerwache statt. Los, wir müssen schnell dorthin!«

Die Feuerwache von Rocky Beach lag etwas außerhalb im Süden der Stadt. Mit ihren Rädern brauchten die drei ??? eine gute Viertelstunde dorthin. Schon aus der Ferne hörte man laute Musik und Kinderlachen. Neben einem Absperrgitter stellten sie die Fahrräder ab. Das Fest war bereits in vollem Gange und die halbe Stadt hatte sich versammelt. Schließlich waren Ferien.

In der Mitte des Platzes stand ein großer Löschwagen. Hier konnten die Besucher in den Korb der Leiter steigen und wurden viele Meter in die Höhe gefahren. Es gab Popcorn, einen Grillstand mit Würstchen und Getränke. Alles war mit bunten Fahnen und Wimpeln geschmückt. Justus stieg der Geruch der Würstchen in die Nase. »Ich kann Inspektor Taggart nirgendwo sehen. Aber bis er auftaucht, könnten wir uns eigentlich ein Würstchen holen, oder? Seit dem Frühstück haben wir außer Eis nichts mehr gegessen. Und mit Hunger können Detektive schlecht nachdenken.«

Peter und Bob waren einverstanden. Kurz darauf hatte jeder der drei Jungen eine große Grillwurst im Brötchen in der Hand. Hungrig biss Justus hinein und sah sich währenddessen neugierig um. »Denkt nach, Kollegen! Was könnte Mr drei XXX mit einem Fiasko gemeint haben?«

Immer mehr Menschen strömten auf den Platz und vor den Buden und Ständen bildeten sich lange Schlangen. Es gab sogar eine riesige Hüpfburg. Bob wischte sich Ketchup von den Lippen. »Vielleicht platzt die aufblasbare Hüpfburg und alle fliegen durch die Luft?« Peter schüttelte den Kopf. »Erstens kann so eine Hüpfburg nicht einfach platzen. Und zweitens hätten wir damit nichts zu tun. Denkt an die Worte von Mr drei XXX. Alles, was passiert, wird auf uns zurückfallen.«

»Auf so einem Fest könnte wirklich alles Mögliche geschehen«, sagte Justus. »Darum sollten wir uns einen Überblick verschaffen. Wisst ihr was? Sobald wir aufgegessen haben, lassen wir uns auch mit dem Korb und der Feuerwehrleiter in die Höhe fahren. Mehr Überblick können wir nicht erhalten.«

Peter war begeistert. »Cool! Das wollte ich immer schon mal machen. Was ist mit dir, Bob? Du wirkst nicht besonders begeistert.«

»Ich weiß nicht. Das sieht ganz schön hoch aus. Kann sein, dass ich Höhenangst bekomme. Aber ich bin dabei.«

Höhenangst

49:47

Justus, Peter und Bob mussten eine Weile beim großen Feuerwehrwagen anstehen, dann waren sie endlich an der Reihe. Ein Feuerwehrmann legte ihnen die Sicherheitsausrüstung an. »Hallo, ihr drei, gleich geht's hoch hinauf. Mein Name ist Gordon Flanders. Ich leite die Feuerwache in Rocky Beach.«

Die drei ??? kannten Flanders und Bob reichte ihm die Hand. »Ich habe leider etwas Höhenangst. Können Sie bitte bei mir alle Gurte doppelt kontrollieren?« Gordon Flanders beruhigte ihn: »Das kenne ich, aber das vergeht mit der Zeit. Höhenangst ist völlig normal, denn mit dieser Drehleiter geht es über zwanzig Meter hinauf. So, und jetzt alle rein in den Leiterkorb!«

Einer nach dem anderen kletterte in den Korb

und der Chef der Feuerwehr befestigte die Sicherungsgurte mit Karabinerhaken. Anschließend schloss er hinter sich eine kleine Klappe und zog ein Funkgerät aus der Tasche. »Hier ist Gordon, hört ihr mich? Alles gesichert und startklar. Ich fahre die Drehleiter jetzt hoch.« Aus dem Funkgerät plärrte eine Stimme zurück: »Alles klar, Gordon. Es kann losgehen.«

Der Feuerwehrmann betätigte nun einige Hebel und ruckartig bewegte sich der Leiterkorb. Dann surrten Motoren und die Hydraulik zischte. Bob hielt sich mit beiden Händen am Rand des Korbes fest. »Ich hoffe, das war eine gute Idee.«

Die Leiter wurde langsam ausgefahren und hob sich gleichzeitig in die Höhe. Unter ihnen erschienen die Menschen immer kleiner. »Nicht schlecht, oder?«, lachte Gordon Flanders. »Und wir sind erst bei zehn Metern.« Bob musste schlucken. Doch es ging immer höher.

Peter zeigte in Richtung Westen. »Man kann bis zum Pazifik sehen!«

Ganz oben wehte ihnen der Wind um die Nase und der Leiterkorb begann zu schaukeln. »Keine Angst, Jungs«, sagte Gordon Flanders. »Der Feuerwehrwagen steht stabil und es kann nichts passieren. Achtung, gleich ruckelt es noch mal ein wenig, denn wir haben unsere maximale Höhe erreicht.«

Sekunden später stoppte das Ausfahren der Leiter und es wurde still. Von unten klangen die Musik und die Geräusche der Menschenmenge zu ihnen hinauf. Am Rande des Platzes hatte man große Wände aus dünnem Holz aufgebaut. Es wirkte wie eine Filmkulisse. Justus sah sich alles genau an. »Mr Flanders, was ist das da unten?«

»Das kann ich dir erklären. Wie ihr wisst, hat vor langer Zeit unser heldenhafter Fred Fireman Rocky Beach vor einem verheerenden Brand bewahrt. Ihm zu Ehren werden wir heute diese Rettung nachspielen. Dort unten steht eine Kulisse der Stadt, wie sie vor vielen Jahren einmal aussah. Natürlich besteht alles nur aus Pappe, Holz und Farbe. Zum Höhepunkt des Festes wird diese Kulisse in Brand

Eis

gesetzt. Selbstverständlich ist es nur ein kleines Feuer, das wir unter Kontrolle haben. Sicherheit geht vor. Dann erscheint ein historisches Löschfahrzeug. Es wird von zwei Pferden gezogen. Unser Bürgermeister, Mr Plimsfield, spielt die Rolle von Fred Fireman. Er wird mit einer alten Wasserspritze das kleine Feuer löschen und Rocky Beach retten. Wir haben das lange geprobt. Hoffentlich geht heute alles glatt.«

Justus knetete nachdenklich seine Unterlippe. »Das hoffe ich auch, Mr Flanders. Das hoffe ich auch. Alles andere wäre schlimm.«

»Ja, wirklich. Das wäre ein Fiasko.«

Bob war froh, als sich der Leiterkorb absenkte und er kurz darauf wieder festen Boden unter den Füßen hatte. Die drei ??? verabschiedeten sich von Gordon Flanders und Justus zog seine beiden Freunde zu sich. »Habt ihr das gehört? Ein Fiasko. Wenn Mr drei XXX hier zuschlagen will, dann wäre die Aktion mit Fred Fireman die beste Gelegenheit.«

»Aber was willst du machen?«, fragte Peter und

sah sich nervös um. »Niemand wird uns glauben. Wir wissen ja nicht einmal, was und wie und wo etwas passieren könnte.«

»Darum müssen wir uns jetzt alles gründlich ansehen. Los, wir untersuchen die aufgebauten Kulissen vom alten Rocky Beach. Immerhin soll es dort gleich brennen und das kann ganz schön gefährlich werden.«

Das Fiasko

Neben der Kulisse hatte man eine kleine Bühne aufgebaut und die Menge begann sich davor zu versammeln. Als Bürgermeister Plimsfield erschien, wurde laut applaudiert. Auch Inspektor Taggart und Gordon Flanders betraten die Bühne.

49:18 »Kollegen, uns läuft die Zeit weg«, sagte Justus hektisch. »Gleich beginnt die Aktion. Los, mir nach!« Eilig rannten die drei ??? über den Platz und erreichten wenig später die Kulisse. Hinter den Wänden aus Pappe und Sperrholz versteckte sich eine Konstruktion aus schräg angebrachten Latten und Brettern. An einigen dieser Hölzer waren mit Seilen große Wasserkanister befestigt. Peter ahnte, wozu diese dienten. »Solche Kanister benutzt man auch oft bei den Filmkulissen. Es ist die einfachste Möglichkeit, um etwas zu beschweren, damit es bei Wind nicht umfällt.«

Bob blickte durch einen Spalt der Kulisse und sah, wie Bürgermeister Plimsfield ein Mikrofon gereicht wurde. »Liebe Mitbürger und Mitbürgerinnen von Rocky Beach«, dröhnte es aus den Lautsprechern. »Ich begrüße alle zum diesjährigen Feuerwehrfest. Sie dürfen gespannt sein, denn wir haben einiges vorbereitet.« Nach diesen Worten zog sich der Bürgermeister eine alte Feuerwehruniform an und Gordon Flanders setzte ihm einen goldenen Helm auf. Inspektor Taggart griff sich kurz das Mikrofon. »Applaus für unseren Bürgermeister!«, rief er. »Er wird heute die Rolle unseres heldenhaften Fred Fireman übernehmen.« Als die Menge klatschte, warf Justus einen Blick auf die Wasserkanister. Da entdeckte er plötzlich, dass an den Kanistern kleine Zettelchen klebten.

Entsetzt rief Justus seine beiden Freunde zu sich. »Peter! Bob! Seht euch das an! In den Kanistern ist gar kein Wasser, sondern Benzin!« Peter wurde blass, als er die Zettel erblickte. »Was?! Das darf doch nicht wahr sein! Benzin ist hochentzündlich. Es ist doch geplant, dass die Kulisse nur ein bisschen brennt. So hat es Gordon Flanders uns erzählt. Aber wenn sich die Benzinkanister entzünden, dann gibt es wirklich ein Fiasko. Ich will mir das gar nicht ausmalen.« Bob raufte sich die Haare. »Wir müssen sofort etwas unternehmen. Gleich startet die Aktion mit Fred Fireman.« Panisch blickte er wieder durch den Spalt in der Kulisse. »Dort hinten kommt schon die Feuerwehrkutsche mit den beiden Pferden angetrabt, und Mr Plimsfield macht sich bereit.«

In diesem Moment trat Gordon Flanders mit einer brennenden Fackel auf den Bürgermeister zu. Dann sprach er ins Mikrofon: »Bürgermeister Plimsfield, bevor Sie sich in Fred Fireman verwandeln, haben Sie die Ehre, die Kulisse von Rocky Beach in Brand zu setzen. Denn ohne Feuer gibt es keinen Helden.«

Unter tosendem Applaus überreichte er dem Bürgermeister die brennende Fackel. Dieser drehte sich damit zur Kulisse um. »So soll es sein«, sprach er. »Wie einst vor vielen Jahren, fängt unsere geliebte Stadt Feuer. Gleich werde ich diese alte Geschichte mit der Fackel noch einmal aufleben lassen.« Er begann einen Countdown herunterzuzählen und die Menge rief lautstark mit: »10, 9, 8 …«

Justus packte seine beiden Freunde an den Schultern. »Wir dürfen nicht mehr länger warten, wir müssen die Sache stoppen. Los, mir nach!«

»… 7, 6, 5, 4, 3 …«

Wie aus dem Nichts tauchten aus den Kulissen die drei ??? auf und rannten auf Bürgermeister Plimsfield zu. Verblüfft starrte er die Jungen an und vergaß dabei, den Countdown weiterzuzählen. Und dann ging plötzlich alles sehr schnell: Justus sprang auf die Bühne und entriss dem Bürgermeister die brennende Fackel. Dabei geriet Plimsfield ins Straucheln. Peter und Bob waren jetzt auch zur Stelle und versuchten, den etwas schwergewichtigen Mann zu

stützen. Doch es misslang und alle stürzten zusammen von der Bühne.

Den Zuschauerinnen und Zuschauern des Spektakels standen die Münder offen. Inspektor Taggart fand als Erster die Worte wieder. »Was ... was soll das? Seid ihr verrückt geworden?« Auch der Bürgermeister rang um Fassung und stand schwerfällig wieder auf. »Was ist in euch gefahren, Jungs? Warum habt ihr mir die Fackel aus der Hand gerissen?«

»Ja, warum?«, rief jetzt auch Gordon Flanders.

»Ich kann das erklären«, keuchte Justus. Er rannte hinter die Kulisse und kam mit einem der Kanister zurück. »Mr Flanders, in diesen Kanistern ist kein Wasser, um die Kulisse zu beschweren, sondern hochentzündliches Benzin. Jemand muss die Kanister ausgetauscht haben. Der Brand wäre eine Katastrophe geworden.«

Gordon Flanders sah Justus mit großen Augen an. »Benzin? Das wäre wirklich ein Fiasko. Aber wie kommst du darauf?«

»Weil es auf dem kleinen Zettel steht. Hier, sehen Sie sich das an!«

Inspektor Taggart kam nun dazu und blickte auf den Zettel. »Ich verstehe nicht, Junge. Da steht doch gar nichts drauf.«

Bürgermeister Plimsfield riss aufgebracht den kleinen Zettel ab. »Ja, wirklich. Da steht gar nichts drauf. Der ist weiß wie meine Weste.«

Allmählich machte sich Unruhe in der Menge breit. Ganz vorn stand eine ältere Dame mit ihrem Hund. »Was ist denn nun mit der großen Show, Mr

Plimsfield? Bekommen Sie nicht einmal ein Feuer angezündet? Fred Fireman würde sich schämen.«

Erste Buhrufe und Pfiffe waren zu hören. Leicht nervös rückte sich der Bürgermeister die alte Uniformjacke zurecht. Dann nahm er wieder das Mikrofon in die Hand. »Äh, meine lieben Mitbürger und Mitbürgerinnen. Das gehörte natürlich zur heutigen Show. Auch Fred Fireman wurde damals von hinterhältigen Ganoven zunächst daran gehindert, seine Heldentat zu vollbringen. Dies wollten wir mit einer kurzen Theatereinlage aufzeigen. Applaus für unsere drei kleinen Laiendarsteller.« Die Menge glaubte ihm und applaudierte freundlich.

Gordon Flanders aber zog Justus, Peter und Bob hinter die Kulissen. »Was habt ihr euch nur dabei gedacht? In den Kanistern ist garantiert nur Wasser.« Mit diesen Worten öffnete er den Deckel eines der Kanister und goss den dreien eine Ladung über den Kopf. Es war eindeutig Wasser. »Seht ihr? Und jetzt verschwindet. Die Sache wird ein Nachspiel haben. Der Bürgermeister ist stinksauer.«

Geschichten vom Glück

48:46

Die drei ??? wussten, dass jedes Wort der Widerrede zu viel wäre, und verzogen sich hinter die große Hüpfburg. Von hier aus konnten sie beobachten, wie der Bürgermeister jetzt die brennende Fackel gegen die Kulisse warf. Sofort loderten Flammen auf und ein Raunen ging durch die Menge. Gleichzeitig kam die alte Feuerwehrkutsche angefahren und Plimsfield rollte einen Löschschlauch ab. »Fred Fireman! Fred Fireman!«, rief die Menge. Der Bürgermeister winkte freudig und drehte das Ventil am Schlauch auf. Mit großem Druck spritzte nun Wasser gegen die brennenden Kulissen und nach wenigen Sekunden war das Feuer gelöscht. Weißer Dampf stieg in den strahlend blauen Himmel auf.

»Applaus für unseren Feuerwehrhelden!«, rief Inspektor Taggart ins Mikro. »Applaus für Fred Fireman. Und Applaus für Bürgermeister Plimsfield.« Die Menge war begeistert und die Aktion ein voller Erfolg.

Justus, Peter und Bob hingegen gingen mit hängenden Köpfen zu ihren Rädern und verließen das Gelände. Lange Zeit sprach keiner der drei ein Wort. Erst als sie die Küstenstraße wieder erreichten, holte Justus tief Luft. »Das ist alles meine Schuld. Ich hätte niemals so reagieren dürfen. Wieso habe ich den Deckel des Kanisters nicht geöffnet und probehalber am Inhalt gerochen? Wir sind Mr drei XXX voll in die Falle gegangen.«

»Aber ich verstehe die Sache immer noch nicht ganz«, unterbrach ihn Bob. »Wieso stand auf den Zetteln erst das Wort Benzin und dann plötzlich nicht mehr?«

Peter hatte eine Ahnung: »Ich kann mir denken, was das war: Zaubertinte. So etwas wird auch oft beim Film verwendet. Eine Schrift verschwindet plötzlich wie von Geisterhand. Dafür gibt es spezielle Stifte. Es ist so, wie Justus gesagt hat: Mr drei XXX hat uns eine Falle gestellt und wir sind drauf reingefallen. So ein Mist! Und darum trägt keiner von uns allein die Schuld. Wir drei haben das Duell mit Mr drei XXX angenommen. Und zusammen stehen wir es durch. Egal, was noch passiert.«

»Das sehe ich genauso«, sagte Bob. »Wie machen wir jetzt weiter, Just?«

»Ich denke, für heute machen wir gar nicht weiter. Wir sind Marionetten im Spiel von Mr drei XXX. Das muss sich ändern, aber ich habe noch keine richtige Idee. Lasst uns morgen um neun Uhr in der Kaffeekanne treffen.«

Peter und Bob waren einverstanden. Jeder von ihnen radelte nach Hause.

Genervt fuhr Justus durchs Eingangstor des Schrottplatzes und stellte sein Fahrrad vor der Veranda ab. Am Tisch saß Tante Mathilda und sortierte Rechnungen. »Justus! Was ist denn mit dir los? So kenne ich dich gar nicht. Du siehst ja aus wie drei

Tage Regenwetter. Und das in den Ferien.« Justus setzte sich zu ihr. Natürlich konnte er nicht mit der Wahrheit rausrücken. Zwar wussten Tante Mathilda und Onkel Titus, dass die drei Jungen immer mal wieder Kommissar Reynolds bei Ermittlungen halfen. Aber dass sie seine geheime Spezialeinheit waren, davon ahnten sie nichts.

Justus dachte sich eine kleine Notlüge aus. »Alles in Ordnung, Tante Mathilda. In den Ferien ist es nur manchmal etwas langweilig.« Natürlich war das Gegenteil der Fall. Doch seine Tante schien ihm zu glauben. »Das ging mir früher auch manchmal so. Aber dann habe ich ein Buch gelesen oder etwas gebastelt. Und weißt du, was am besten gegen Langeweile hilft?« Justus schüttelte den Kopf. »Ein frisch gebackener Kirschkuchen. Warte, ich hole ihn gleich aus der Küche.« Justus' Augen leuchteten wieder ein wenig.

Kaum war Tante Mathilda verschwunden, kam Onkel Titus aus seinem Schuppen mit Lieblingsschrott. Hier bewahrte er alles auf, was er ungern verkaufen wollte. Leider wurde es mit der Zeit immer mehr. In der Hand hielt er den selbst gebauten Monsterwecker. »Hallo, Justus«, begrüßte er den Jungen. »Kaum haben die Ferien begonnen, sieht man dich und deine Freunde fast gar nicht mehr. Aber egal. So schnell muss mein Wertstoffhof auch nicht aufgeräumt werden. Doch sieh mal: Ich habe den Wecker weiterentwickelt. Der macht jetzt nicht nur wach, sondern hilft auch im Badezimmer. Mit dem Klingeln drückt die vollautomatische Wachmach-Maschine Zahncreme auf die Zahnbürste. Ich werde das einmal demonstrieren. Pass gut auf!« Mit diesen Worten hantierte Onkel Titus an dem Wecker herum und legte einige Schalter um. Plötzlich begann der Wecker zu rasseln, zu klingeln und zu hupen. »Achtung, gleich geht's los!«, rief Onkel Titus aufgeregt.

Justus rückte mit seinem Stuhl vorsichtshalber etwas nach hinten. Er hatte eher schlechte Erfahrungen mit den Erfindungen seines Onkels gemacht. Und so war es auch diesmal. Denn kaum hörten die

Geräusche auf, schoss mit Hochdruck ein dicker Strahl Zahncreme aus dem Wecker und klatschte gegen die Wand. Onkel Titus verzog sein Gesicht. »Na ja, die Sache ist noch nicht ganz ausgereift.«

Doch Justus konnte an diesem Tag zum ersten Mal wieder lachen. Und als Tante Mathilda mit dem Kirschkuchen herauskam, war seine gute Laune wieder da. »Die Erfindung ist großartig, Onkel Titus. Denn wenn man statt Zahnpasta Wasser einfüllt, klatscht es einem morgens ins Gesicht und man wird garantiert wach.«

»Du hast recht, Justus«, strahlte sein Onkel. »Wieso bin ich da nicht selbst drauf gekommen. Ein Wachmachwecker. Eine Weltidee!«

Tante Mathilda schüttelte den Kopf und verteilte den Kirschkuchen. »So ein Unsinn, Titus. Erfinde lieber etwas gegen hohe Rechnungen. Die Buchhaltung ist diesen Monat nicht einfach und wir müssen sparen. Aber bisher haben wir es ja immer irgendwie geschafft.«

Onkel Titus gab ihr einen Kuss. »Genauso ist es,

Mathilda. Man schafft alles, wenn man zusammenhält. Ich kümmere mich um die Wertstoffe und du dich um die Buchhaltung.« Dann wandte er sich an Justus: »Wir müssen dir noch einiges zeigen in Sachen Wertstoffhandel. Einkauf und Verkauf. Lagerung und Reparaturen. Buchhaltung und Steuern. Das ist alles wichtig, wenn du später einmal das Geschäft übernimmst.«

Justus stocherte etwas unsicher in seinem Kirschkuchen herum. »Es ist wirklich lieb von euch, dass

ihr mir alles erklären wollt. Ihr könnt echt stolz darauf sein, was ihr hier über die Jahre geschafft habt. Aber ich wollte euch schon lange einmal etwas Wichtiges sagen.«

»Was denn, Justus?«, fragte seine Tante verwundert.

»Na ja, ehrlich gesagt bin ich mir gar nicht so sicher, ob ich später auch mit Wertstoffen handeln möchte. Ich weiß, dass ihr euch das wünscht, aber es gibt so viele andere Dinge, die mich interessieren.«

Für einen Moment herrschte Stille. Doch dann strich ihm sein Onkel über den Kopf. »Weißt du was, Justus? Du musst gar nichts. Es ist dein Leben und du entscheidest, was du später einmal werden möchtest. Ich sollte zum Beispiel Matrose werden, wie mein Vater. Nur hätte ich Mathilda dann nicht kennengelernt. Außerdem werde ich auf großen Schiffen schnell seekrank.« Seine Frau lachte. »Und ich sollte einfach nur einen Mann finden. Aber ich habe trotzdem eine Ausbildung gemacht und mein

Beruf als Buchhalterin passt perfekt für unser Geschäft. Und du musst dir jetzt noch gar keine Gedanken darüber machen. Noch lange nicht.«

»Noch wirklich lange, lange nicht«, bekräftigte Onkel Titus.

Spät am Abend lag Justus noch eine Weile wach in seinem Bett. 40:05 Er dachte über den Fall nach. Über den mysteriösen Mr drei XXX. Über die Blamage beim Feuerwehrfest. Doch dann dachte er nur noch daran, wie schön der Abend geendet hatte und wie glücklich er bei Tante Mathilda und Onkel Titus war.

Puzzlearbeit

29:00

Pünktlich um neun Uhr trafen sich Justus, Peter und Bob, wie verabredet, vor der Kaffeekanne. Dank des Weckers hatte Justus nicht verschlafen. Hintereinander kletterten die Jungen die rostigen Eisenstufen zu ihrem Geheimversteck hinauf. Dann saßen sie im Kreis um den selbst gebauten Tisch herum. »Hiermit ist die Sitzung der drei ??? eröffnet«, begann Justus gut gelaunt. »Der Tag gestern war ein Reinfall. Schlimmer konnte es nicht kommen. Aber so leicht werden wir es Mr drei XXX nicht noch einmal machen. Da hat er sich mit den Falschen angelegt.«

»Was hast du vor, Just?«, wunderte sich Peter. »Hast du einen Plan?«

»Ja, den habe ich, Kollegen. Bisher haben wir die

Spielchen von Mr drei XXX brav mitgespielt. Wir haben alles getan, was er angewiesen hat. Und wir sind jedes Mal dabei reingefallen. Alles, was wir herausgefunden haben, sind seine Initialen: J und D. Und nicht einmal das ist sicher. Ab sofort drehen wir den Spieß um. Wir werden nicht mehr reagieren, sondern selbst bestimmen, was weiter bei dieser Rätseljagd passiert. Als Erstes bleibt die schwarze Box in die Aluminiumfolie eingewickelt. Ich will nämlich nicht mehr abgehört werden.« Mit diesen Worten legte Justus die umwickelte Box auf den Tisch.

»Und wie genau gehen wir jetzt vor?«, fragte Bob.

»Wie wir es immer getan haben, Kollegen. Wir ermitteln. Klassische Detektivarbeit. Was ist geschehen? Welche Informationen haben wir? Welche Schlüsse ziehen wir daraus? Fragen werden zu Antworten. Und Antworten lösen schließlich den Fall.«

Peter war beeindruckt von Justus' Worten, aber immer noch leicht verunsichert. »Leider haben wir nicht so viele Informationen. Nichts, was uns auf die Spur von Mr drei XXX bringen könnte.«

Bob nickte. »Ja, denn alle Hinweise waren anonym. Selbst das Erpresserschreiben bringt uns nicht weiter.« Plötzlich knetete Justus seine Unterlippe. »Warum sollte uns der Erpresserbrief eigentlich nicht weiterbringen? Wir haben uns den noch gar nicht genauer angesehen. Hast du den Zettel dabei, Bob?«

»Ja, klar. Ich habe ihn in Bud Norris' Bar in die Hosentasche gesteckt. Hier!«

Justus faltete das Erpresserschreiben auseinander. Nachdenklich betrachtete er die aufgeklebten Buchstaben. »Okay, die einzelnen Buchstaben helfen uns tatsächlich nicht weiter. Doch was steht eigentlich auf der Rückseite? Immerhin sind die Buchstaben aus Zeitungen oder Illustrierten herausgeschnitten worden.«

Peters Gesicht hellte sich auf. »Moment, jetzt weiß ich, worauf du hinauswillst, Just. Möglicherweise geben die Rückseiten der Buchstaben Informationen preis, an die Mr drei XXX nicht gedacht hat. Machen wir uns an die Arbeit! Wir müssen die aufgeklebten Buchstaben vorsichtig mit einem Messer oder einer Schere ablösen.« Bob öffnete eine Wasserflasche und schnappte sich aus dem Regal einen Pinsel. »Und vielleicht hilft es auch, wenn wir das Papier ein wenig mit Wasser benetzen. Dann weicht der Kleber auf.« Die nächste Zeit waren die drei Detektive damit beschäftigt, Buchstabe für Buchstabe vom weißen Zettel zu lösen.

Justus nahm eine Pinzette zu Hilfe. »Mr drei XXX 28:31
muss viel Zeit dafür gehabt haben. Immerhin waren es gleich vier Erpresserschreiben. Da musste er eine ganze Menge Buchstaben ausschneiden.« Konzentriert legten die Freunde die abgelösten Buchstaben auf den kleinen Tisch. Bob nahm eine Lupe zur Hand. »Auf einigen Rückseiten erkennt man gar nichts, doch andere scheinen aus bunten Bildern herausgeschnitten worden zu sein. Ich tippe auf eine Zeitschrift.« Peter untersuchte die Rückseite eines besonders großen Buchstabens. »Hier steht etwas drauf: NISZEIT.«

Justus fand einen weiteren Schnipsel mit beschriebener Rückseite. »Und auf diesem hier steht: OPANG.« Auch Bob legte nun zwei weitere Papierschnipsel mit Buchstaben dazu. »Vielleicht muss man das Ganze sortieren. Wie ein Puzzle. Wartet mal, ich bin Puzzlemeister.« Behutsam schob er mit der Pinzette die Schnipsel hin und her. Plötzlich leuchteten seine Augen auf. »Ich glaub, ich hab's«, strahlte er. »Hier steht: GEFÄNGNISZEITSCHRIFT TOPANGA BEACH.«

Peter lehnte sich zurück. »Verrückt! Wir haben dem Erpresserbrief tatsächlich ein Geheimnis entlockt. Ich wusste gar nicht, dass Gefängnisse eine eigene Zeitschrift haben.«

»Warum nicht«, sagte Justus. »Ich stelle mir das vor wie eine Schüler- oder Vereinszeitung. Für uns bedeutet das, dass die Buchstaben eine ganz bestimmte Herkunft haben. Mr drei XXX hat sie aus der Gefängniszeitschrift von Topanga Beach ausgeschnitten. Und das wiederum bedeutet, dass er dort arbeitet oder ...«

»... dort im Gefängnis einsitzt«, führte Bob den Gedanken fort. »Dennoch ist das zunächst natürlich nur eine Vermutung.« Justus nickte. »Stimmt. Aber es ist eine Spur. Und diese Spur sollten wir weiterverfolgen. Zum ersten Mal sind wir in diesem Fall Mr drei XXX eine Nasenlänge voraus. Wisst ihr was? Wir schnappen uns die Räder und fahren nach Topanga Beach. Aber wir sollten auf alles vorbereitet sein und unsere Detektivausrüstung mitnehmen.« Aufgeregt öffnete Justus einen Rucksack. »Wir packen die Standardausrüstung ein: Lupen, Funkgeräte, Fingerabdruck-Set, Aufnahmegerät, Kamera und den anderen Kleinkram.«

Topanga Beach

28:19

Topanga Beach war eine Kleinstadt wie Rocky Beach und lag ebenfalls am Meer. Ansonsten hatte die Stadt aber nichts mit Rocky Beach gemeinsam. Eilig kletterten die drei ??? aus der Kaffeekanne und schoben ihre Räder über den holprigen Pfad. Kurz darauf erreichten sie die lange Küstenstraße und Peter zeigte in Richtung Süden. »Mit den Rädern brauchen wir eine gute Dreiviertelstunde nach Topanga Beach.«

Justus stieg auf. »Mit meinem Rad leider eine ganze Stunde. Onkel Titus hat es mir aus vier kaputten Fahrrädern zusammengebaut. Aber dafür ist es sehr stabil.«

Zum Glück wehte vom Pazifik her ein leichter Wind. Dieser kühlte die heiße Luft ab, die vom schwarzen Asphalt der Straße aufstieg. Bob hatte den vollgepackten Rucksack auf seinem Gepäckträger festgeschnallt. Auch die kleine schwarze Box hatten die drei Detektive mitgenommen. »Ich bin froh, dass wir den Mistkasten in der Alufolie lassen. Mr drei XXX soll keine Chance mehr haben, uns mit dem Ding abzuhören. Ab sofort bestimmen *wir* die Regeln.«

Die lange Straße verlief fast schnurgerade. Sie führte vorbei an kleinen Siedlungen und vereinzelten Villen. An einigen Stellen war der Pazifik so nah, dass man hören konnte, wie die Wellen gegen die Felsen schlugen. Schließlich hatten sie das Ortsschild von Topanga Beach erreicht und bogen in eine schmalere Straße ab.

27:32

Justus wischte sich den Schweiß aus dem Gesicht. »Das wäre geschafft«, schnaufte er. »Jetzt müssen wir nur noch das Gefängnis von Topanga Beach finden.«

Bob hatte eine Landkarte dabei. »Das wird nicht schwer sein, denn das Gefängnis ist eingezeichnet.

Es liegt auf der anderen Seite der Stadt, wenn ich das richtig verstehe.«

Durch Topanga Beach führten nur wenige Straßen. Die Ortschaft bestand fast nur aus Ferienhäusern, die direkt an der Küste gebaut waren. Die lang gezogenen Parkplätze waren voll besetzt, denn viele Menschen tummelten sich in der Ferienzeit am Strand. Doch die drei Detektive dachten nicht an die weißen Strände und die flach auslaufenden Wellen, die sich perfekt zum Surfen eigneten. Sie hatten einen Fall zu lösen und ein Duell zu gewinnen.

Am Ende der kleinen Stadt entdeckte Bob ein Schild. »Seht mal! Dort geht es zum Gefängnis. Wir müssen den Berg rauf.«

»Auch das noch«, schnaufte Justus.

Doch schließlich hatten sie das große Eingangstor des Gefängnisses von Topanga Beach erreicht. Links und rechts erhoben sich hohe Mauern, die auf der Spitze mit Stacheldraht gesichert waren. Peter stieg vom Rad ab. »Da wären wir. Nun stellt sich die Frage, wie wir weitermachen. Bei einem Gefängnis kommt man bekannterweise nicht nur schwer raus, sondern auch nicht so leicht rein.«

Justus stieg auch ab. »Neben dem großen Tor sehe ich eine Glastür. Das scheint der Besuchereingang zu sein. Kommt mit, vielleicht kann man uns dort weiterhelfen.« Bob musste grinsen. »Willst du wieder unseren Toilettentrick anwenden? So wie bei Porter, Giovanni und in der Norris' Bar?«

Justus schüttelte den Kopf. »Ich glaube, damit kommen wir hier nicht weiter. Wir müssen wieder ...«

»... improvisieren«, lachte Bob.

27:14

Hinter der Glastür befand sich ein kleiner, fensterloser Raum. Es gab nur zwei Besucherstühle, ein Tischchen und einen Wasserspender. Hinter einer dicken Scheibe saß ein Mann in Uniform. »Habt ihr einen Besucherausweis? Seid ihr angemeldet? Welchen Häftling wollt ihr sehen?« Der Vollzugsbeamte klang nicht gerade freundlich.

Justus überlegte kurz und ging dann auf ihn zu. »Äh, wir wollen zu unserem Onkel.«

»Vor- und Zuname des Häftlings?«

»Vor- und Zuname?«, wiederholte Justus leicht nervös. »Wir drei Brüder nennen ihn immer nur Onkel JD. Das sind seine Initialen.«

Der Beamte sah Justus scharf in die Augen. »Wollt ihr mich für dumm verkaufen? Glaubt ihr, man kommt mit zwei Buchstaben in ein Staatsgefängnis rein? Und dass ihr Brüder seid, nehme ich euch auch nicht ab. Ihr seht nicht gerade wie Drillinge aus. Wenn ihr keinen abgestempelten Besucherausweis habt, verschwindet und stört mich nicht bei der Arbeit.«

Justus gab auf und drehte sich zu seinen beiden Freunden um. »Gehen wir, Kollegen«, sagte er leise. »Das ist eine Sackgasse.«

Doch als sie wieder draußen standen, grinste Bob übers ganze Gesicht. »Der Weg war nicht umsonst, Kollegen, denn wir sind einen Schritt weiter. Seht mal, was auf dem kleinen Tischchen lag.« Bob schwenkte die Gefängniszeitschrift Topanga Beach in seiner Hand.

Harte Vorwürfe

»Du hast im Gefängnis heimlich eine Zeitschrift geklaut?«, erschrak Peter. »Das machen nur die dümmsten Diebe. Da kannst du ja gleich freiwillig in eine Zelle einziehen.«

»Quatsch, Peter. Das war kein Diebstahl. Hier oben steht es dick und fett: Die Zeitschrift ist umsonst!«

Peter atmete erleichtert auf. »Gut, aber bringt uns das weiter?«

Justus nahm Bob die Zeitschrift aus der Hand. »Vergesst nicht die erste Detektivregel: Alle Informationen bringen einen weiter.« Neugierig blätterte er in der Zeitschrift. »Ich wusste gar nicht, dass in einem Gefängnis so viel los ist«, staunte er. »Da gibt es Sportveranstaltungen und Konzerte. Tipps für das Leben nach dem Gefängnisaufenthalt und nützliche Adressen. Auch Namen von Häftlingen, die bald entlassen werden, sind genannt. Über einen davon gibt es sogar einen längeren Bericht.« Dann stockte er plötzlich. »Seht euch das an, Kollegen! Dieser Häftling hier heißt Jack Dexter.«

Peter zuckte mit den Schultern. »Jack Dexter? Na und?« Doch plötzlich begriff er es auch. »Na klar! Die Initialen. J und D. Damit kann nur Jack Dexter gemeint sein. Oder meint ihr, das ist Zufall?« Justus

schüttelte den Kopf. »Wie ihr wisst, glaube ich nicht an Zufälle. Ich wette, dass Jack Dexter unser Mr drei XXX ist. Oder jedenfalls irgendetwas mit ihm zu tun hat.«

Bob griff sich jetzt die Zeitschrift und las den Artikel laut vor: »*Einer unserer langjährigen Mithäftlinge darf sich schon bald auf seine vorzeitige Entlassung freuen. Jack Dexter verbüßte eine zehnjährige Freiheitsstrafe. Er war ein verurteilter Schmuckfälscher. Wegen guter Führung wird er am kommenden Dienstag um 11 Uhr dem Untersuchungsgefängnis in Rocky Beach zugeführt. Dies war sein letzter Wohnort. Am Mittwoch um 14 Uhr erhält Jack Dexter dort seine Papiere und ist ein freier Mann. Wir wünschen ihm viel Glück auf seinem weiteren Weg.*«

Justus' Augen leuchteten auf. »Jetzt wird mir langsam so einiges klar. Der Countdown. Die 100 Stunden. Alles läuft auf Jack Dexters Entlassung hinaus. Kollegen, wir sind an der Lösung dieses Falles ganz nah dran.«

27:00

Weiter kam Justus nicht in seinen Gedanken, denn in diesem Moment öffnete sich quietschend das große Eingangstor. Mit langsamen Schritten trat ein älterer Mann heraus. In der Hand hielt er einen großen Koffer. Sein grauer Bart war kurz geschoren und er trug einen schneeweißen Anzug. Einen ebenso weißen Hut hatte er tief ins Gesicht gezogen.

Peter schob seine beiden Freunde hinter ein parkendes Auto. »Mir wird auch langsam einiges klar«, flüsterte er. »Das muss Jack Dexter sein! Heute ist Dienstag und es ist genau 11 Uhr. Der Tag seiner Entlassung.«

Bob nickte aufgeregt. »Ja, es gibt keinen Zweifel. Alles passt zusammen. Und wenn es stimmt, was in dem Artikel steht, dann wird Dexter gleich in das Untersuchungsgefängnis von Rocky Beach überführt. Just, was machen wir jetzt?«

Der Anführer der drei ??? überlegte keine Sekunde. »Wir werden Dexter mit unseren Anschuldigungen konfrontieren.« Er ging auf den gut gekleideten Mann zu. Peter und Bob folgten ihm verunsichert.

»Guten Tag, Sie müssen Jack Dexter sein«, rief ihm Justus entgegen. Der Mann zuckte kurz zusammen, dann stellte er seinen Koffer ab. »Richtig, mein Junge«, sagte er in ruhigem Ton. »Kennen wir uns?«

Justus blieb genauso ruhig. »Unter ihrem richtigen Namen vermutlich nicht. Aber als Mr drei XXX schon.«

Immer noch zeigte der Mann keine Regung. »Ich glaube, du verwechselst mich.«

In diesem Moment kam ein Polizeifahrzeug angefahren. Es war ein großer Van mit Schiebetüren. Der Wagen hielt direkt vor dem Gefängnis und ein Polizist stieg aus. Justus, Peter und Bob erkannten ihn sofort. Es war Inspektor Taggart. Verwundert ging er auf die drei ??? zu. »Nanu? Was macht ihr denn hier? Eure Aktion von gestern beim Feuerwehrfest hat übrigens große Wellen geschlagen. Da werdet ihr Bürgermeister Plimsfield noch einiges zu erklären haben.«

Justus reichte ihm die Hand. »Wir können jetzt

schon einiges erklären, Inspektor Taggart. Dieser Mann steckt hinter all dem. Wir wissen zwar immer noch nicht, warum er das alles gemacht hat, aber wir wissen, was er alles angestellt hat.«

Der Inspektor zeigte auf den Mann im weißen Anzug. »Ihr redet von Jack Dexter, dem bekannten Schmuckfälscher? Ich habe die Aufgabe, ihn hier abzuholen und in das Untersuchungsgefängnis von Rocky Beach zu überführen. Dort erhält er morgen seine Entlassungspapiere.«

Bob übernahm nun das Wort. »Wenn Sie hören, was wir zu berichten haben, dann sollten Sie das mit der Entlassung noch einmal überdenken.«

Und dann erzählten die drei ??? abwechselnd, was sich in den letzten 73 Stunden zugetragen hatte. Von den Drohungen, dem Countdown der 100 Stunden, dem durchtrennten Seil bei ihrem Bootsausflug, von den Erpresserschreiben und dem Fiasko beim Feuerwehrfest. Inspektor Taggart hörte aufmerksam zu und machte sich immer wieder Notizen. Jack Dexter stand daneben und wurde langsam unruhig. Schließlich nahm er seinen Hut ab und wischte sich den Schweiß aus dem Gesicht.

Inspektor Taggart packte den ehemaligen Häftling an der Schulter. »Dexter, ist das wahr, was die drei Jungen hier berichten? Und tischen Sie mir bloß keine Lügen auf!«

Der ältere Mann sackte leicht zusammen. »Ja, es ist wahr. Jedes einzelne Wort stimmt. Ich habe mich Mr drei XXX genannt und stecke hinter der ganzen Geschichte.«

»Aber warum?«, rief Justus. »Warum haben Sie das getan? Und warum haben Sie gerade uns ausgewählt?«

Jack Dexter holte tief Luft. »Das will ich euch gerne verraten. Ich sitze schon sehr lange hinter Gittern. Erst war ich im Gefängnis auf der Geisterinsel. Und als dieses stillgelegt wurde, saß ich in einer Zelle in Topanga Beach ein. Hier habe ich andere Häftlinge kennengelernt und dabei festgestellt, dass viele von ihnen es euch zu verdanken haben, dass sie bei ihren kriminellen Taten ergriffen wurden. Immer wieder fiel der Name: Die drei ???. Darum habe ich meine Zeit damit verbracht, mehr über euch herauszufinden. Eure Namen und eure Adressen, euer Geheimversteck, eure Stärken und Schwächen. Im Namen aller Häftlinge von Topanga Beach wollte ich mich an euch rächen. Darum das Duell und der 100-Stunden-Countdown. Ihr solltet einmal am eigenen Leib spüren, was es heißt, in der Gesellschaft in Ungnade zu fallen. Ihr solltet einmal die Angst spüren, wenn einem die Zeit davonläuft. Doch nun ist das Duell entschieden. Ihr habt gewonnen. Ich habe verloren. Die Richter werden über mich und meine weitere Strafe entscheiden.«

Inspektor Taggart verzog sein Gesicht. »Ehrlich gesagt konnte ich der merkwürdigen Geschichte nicht ganz folgen. Aber mir kann das ja auch egal sein. Dexter, steigen Sie in den Van! Ich bringe Sie und Ihren Koffer jetzt ins Untersuchungsgefängnis nach Rocky Beach.« Dann wandte er sich an Justus, Peter und Bob: »Und ihr kommt mit. Auf der Fahrt könnt ihr mir die Geschichte in aller Ruhe und Ausführlichkeit noch einmal genau erzählen. Das hört sich ja an wie ein Krimi.«

Peter zeigte auf ihre drei Fahrräder. »Aber die passen nicht in den Van, Inspektor.«

»Das ist kein Problem. Die holt später ein Kollege mit einem größeren Wagen ab. So, und jetzt alle einsteigen.«

Kriminelle Kunst

26:28

Jack Dexter musste vorne auf dem Beifahrersitz Platz nehmen und Inspektor Taggart legte ihm Handschellen an. »Nur zur Sicherheit, Dexter. Denn wenn die Vorwürfe der drei Jungs stimmen, haben Sie im Gefängnis nichts gelernt und sind immer noch kriminell.«

Die drei ??? setzten sich auf die Rückbank. Justus hielt den Rucksack auf dem Schoß und der Koffer von Jack Dexter stand vor ihnen auf dem Boden. Dann startete der Polizist den Wagen. »Anschnallen, es geht los! Also, das ist wirklich die verrückteste Geschichte, die ich je gehört habe. Und das alles nur aus primitiver Rache.«

Jack Dexter nahm seinen Hut ab. »In diesem Fall handelt es sich nicht um primitive Rache, Inspektor.

Ich würde es als kriminelle Kunst bezeichnen. So wie es eine Kunst ist, Schmuck zu fälschen und den reichen Leuten zu verkaufen. Dafür benötigt man viel Fingerspitzengefühl.« Dann drehte sich Jack Dexter zu den drei ??? um. »Ihr ahnt ja gar nicht, wie lange ich mein Duell gegen euch geplant habe. Viele Wochen und Monate. Stück für Stück habe ich all die Informationen über euch drei zusammengetragen.«

Inspektor Taggart lenkte den Van jetzt auf die lange Küstenstraße und beschleunigte den Wagen. Währenddessen hatte sich Bob unbemerkt dem Koffer auf dem Boden vor sich genähert und hob mit seinem Fuß vorsichtig den Deckel an. Die drei ??? konnten kaum glauben, was sie da zu sehen bekamen: Verstreut in dem Koffer lagen unzählige Fotos von ihnen. Sogar ein Bild der Kaffeekanne war dabei. Und auf einem Stadtplan von Rocky Beach waren verschiedene Orte mit Filzstift eingekreist. Dazu gab es diverse Polizeiakten mit Verbrecherfotos. Justus, Peter und Bob kannten einige der Gesichter.

Es waren Kriminelle, die durch die Hilfe der drei Detektive von Kommissar Reynolds verhaftet worden waren.

Bob stand der Mund offen. »Das gibt es doch nicht«, flüsterte er so leise, dass man es vorne nicht hören konnte. »Jack Dexter weiß alles über uns und unsere Fälle.«

Peter war genauso fassungslos. »Verrückt. Und die ganze Aktion hat er aus der Gefängniszelle heraus geplant und durchgeführt.«

Justus jedoch knetete nachdenklich seine Unterlippe. Dann beugte er sich plötzlich nach vorn. »Eine Frage habe ich noch, Mr Dexter: Wie konnten Sie das eigentlich alles allein durchführen? Sie waren im Gefängnis eingesperrt. Dass Sie uns von dort aus mit der kleinen schwarzen Box abhören und uns Botschaften senden konnten, ist erklärbar. Aber für alles andere müssen Sie einen Komplizen gehabt haben.«

Jack Dexter drehte sich langsam um und setzte sich seinen weißen Hut wieder auf. »Gut kombiniert,

Detektiv Justus Jonas. Es gab in der Tat einen Komplizen. Man bekommt so jemanden, wenn man ihn gut bezahlt. Und ich kann sehr gut bezahlen. Ihr müsst wissen, dass die Schmuckfälschung, wegen der ich im Gefängnis gelandet bin, ein sehr einträgliches Geschäft war.«

»Und wer ist dieser Komplize?«, fragte Justus.

Jack Dexter grinste breit. »Der ist näher, als ihr denkt. Um es genauer zu sagen: Er sitzt neben mir.«

In diesem Moment trat Inspektor Taggart abrupt auf die Bremse und stoppte den Van auf einem Seitenstreifen. »Was soll das, Jack!«, herrschte er Dexter an. »Hast du sie nicht mehr alle? Wieso verrätst du mich an diese drei Gören?«

»Reg dich nicht auf, Taggart. Du weißt doch, ich spiele gern mit dem Feuer. Und glaub mir, uns kann nichts passieren. Die drei Meisterdetektive haben nicht einen einzigen Beweis gegen uns. Egal, was sie später erzählen, wir behaupten das Gegenteil, und dann steht Aussage gegen Aussage. Das ist die höchste Kunst der Kriminalität.«

Jetzt wurde den drei ??? klar, dass Inspektor Taggart von Jack Dexter mit Geld bestochen worden war. Er war ein korrupter Polizist.

»Hätte ich bei der idiotischen Sache bloß nicht mitgemacht«, schrie Taggart aufgebracht und nahm Dexter die Handschellen ab. »Das viele Geld hin oder her, ich musste so viele unangenehme Jobs für dich machen: das stinkende Zeug in den Brunnen kippen, die Fahrräder der Jungs mit dem Schloss festketten. Dann hast du mich auf den Friedhof geschickt und ich musste die drei Gören sogar in ihrem Geheimversteck ausspionieren. Ganz zu schweigen von der Geschichte auf der Geisterinsel und dem zerschnittenen Seil. Dann musste ich auch noch die giftgrünen Pakete mit den Erpresserschreiben verschicken. Und zum Schluss der Blödsinn beim Feuerwehrfest. Wenn du mir nicht so viel Geld für meine Dienste geboten hättest, hätte ich das niemals getan. Und jetzt verrätst du mich auch noch!« Wütend stieg Taggart aus und öffnete, von der anderen Seite aus, die Schiebetür des Vans. »Ich will euch drei

Jungs nicht mehr in meinem Wagen sehen. Los, aussteigen! Ihr könnt zu Fuß nach Rocky Beach laufen. Zum Glück hat Jack Dexter recht: Ihr habt keine Beweise. Keinen einzigen. Außerdem bin ich Polizist, und wer glaubt schon drei Kindern.«

26:11

Kurz darauf jagte der Van mit durchdrehenden Reifen davon. Völlig verwirrt standen die drei Freunde in einer Staubwolke am Straßenrand. Peter musste husten. »Sagt mir, dass das alles nicht wahr ist. Dexter muss völlig irre sein. Und niemals hätte ich geglaubt, dass Inspektor Taggart ein korrupter Polizist ist. Der muss eine Menge Geld von Dexter bekommen haben.«

»Das denke ich auch«, keuchte Bob und putzte sich mit dem T-Shirt seine Brille sauber. »Aber wahrscheinlich hat Dexter damals viel Geld beiseitegeschafft. Er hat ja steinreichen Leuten gefälschten Schmuck verkauft. Der hält sich wirklich für einen kriminellen Künstler.«

»Und uns hat er für seine Spielchen benutzt«, fuhr Peter fort. »Fast hätte er das sogenannte Duell sogar gewonnen. Die Frage ist aber jetzt, wie wir hier wieder wegkommen.«

Gerade als Justus etwas sagen wollte, brauste ein Polizeiwagen an ihnen vorbei. Doch nach wenigen Metern stoppte der Wagen mit quietschenden Bremsen und setzte auf dem Seitenstreifen wieder zurück. Dann öffnete sich das Fenster und ein Kopf schob sich heraus. »Nanu? Was macht ihr denn hier mitten auf der Küstenstraße?« Es war Kommissar Reynolds.

Bob riss die Arme in die Luft. »Sie kommen genau im richtigen Moment, Kommissar. Sie glauben nicht, was wir Ihnen zu erzählen haben!«

Kommissar Reynolds stieg aus dem Wagen. »Da bin ich aber gespannt. Ich komme gerade aus Los Angeles von der Fortbildung und will zurück nach Rocky Beach. Erzählt! Was ist passiert? Ihr seht aus, als wärt ihr einem Geist begegnet.«

Zum zweiten Mal mussten die drei ??? die Geschichte vortragen. Alles über das Duell mit Mr drei XXX, den Countdown, die 100 Stunden und über die

Erpressung. Aber auch, dass sie Inspektor Taggart als korrupten Polizisten enttarnt hatten.

Kommissar Reynolds konnte kaum glauben, was er da zu hören bekam. »Das ist ja wirklich eine unfassbare Geschichte. Absolut verrückt. Und das alles in meiner Abwesenheit. Taggart kam mir schon immer ein wenig merkwürdig vor. Er wurde mir von der Polizeizentrale vor ein paar Wochen zugeteilt. Leider kann man sich seine Leute nicht immer aussuchen.« Dann schwieg Kommissar Reynolds für einen kurzen Moment. »Doch dummerweise ist es wahr, was der Schmuckfälscher euch erzählt hat. Dexter und Taggart werden alles abstreiten und euch als Lügner bezeichnen. Da steht vor Gericht Aussage gegen Aussage. Und ein Richter wird tatsächlich eher einem Polizisten Glauben schenken als drei Kindern. Wenn wir Pech haben, können wir die beiden Kriminellen nicht überführen. Ihr habt keinerlei Beweise.«

Während Kommissar Reynolds dies sagte, zog Justus ein kleines Gerät aus dem Rucksack. »Ich glaube, wir haben doch die Beweise, die wir brauchen, Kommissar.«

Verwundert sahen ihn seine beiden Freunde an. »Was hast du da in der Hand?«, fragte Bob irritiert.

»Das ist unser kleines Diktiergerät«, antwortete Justus und lächelte. »Vorhin im Van habe ich es heimlich eingeschaltet. Und wenn alles funktioniert hat, dann wurde das gesamte Gespräch aufgenommen. In diesem Fall haben wir mehr Beweise,

als wir benötigten. Es sind die kompletten Geständnisse der beiden.«

Aufgeregt drückte Justus einige Tasten und aus einem kleinen Lautsprecher erklang ein Rauschen. Doch dann hörte man kristallklar jedes Wort der Unterhaltung im Van. Von Sekunde zu Sekunde hellte sich Kommissar Reynolds' Gesicht auf. Zum Schluss klatschte er in die Hände. »So kenne ich meine geheime Spezialeinheit! Das ist der Beweis, den wir brauchen. Ein Geständnis in allen Einzelheiten. Damit kriegen wir die beiden dran. Los, alle rein in meinen Wagen! Wir fahren nach Rocky Beach. Natürlich mit Sirene und Blaulicht.«

100 Stunden

Kurz bevor sie Rocky Beach erreichten, schaltete Kommissar Reynolds die Sirene und das Blaulicht wieder aus. »Wir wollen ja unsere beiden Hallunken nicht vorwarnen«, grinste er.

Hinter der Polizeiwache gab es einen kleinen Innenhof und Reynolds parkte den Wagen. Hier standen noch weitere Einsatzfahrzeuge und Peter zeigte auf einen Van. »Das ist der Wagen von Taggart. Er und Dexter müssen schon hier sein.«

Eilig stiegen sie aus und Justus ging neben Kommissar Reynolds her. »Wie werden Sie in diesem Fall fortfahren? Werden Sie Taggart direkt verhaften?«

»Nein, ich werde auf Nummer sicher gehen. Man weiß nämlich nie, wie jemand reagiert, wenn er in die Enge getrieben wird. Das wurde uns Polizisten gerade erst wieder einmal bei unserer Fortbildung nahegebracht. Sicherheit geht vor.« Doch dann setzte der Kommissar ein verschmitztes Lächeln auf. »Aber lasst mich nur machen, denn ich habe schon einen Plan. Meine Spezialeinheit hat genug vorgearbeitet. Ihr haltet euch am besten im Hintergrund und beobachtet nur.«

»Alles klar, Kommissar«, sagte Bob.

Wie immer war um die Mittagszeit auf dem Polizeirevier nicht viel los. Fröhlich pfeifend schritt Kommissar Reynolds durch die Räume und die drei ??? folgten ihm mit etwas Abstand. Hinter dem Empfangstresen saß Inspektor Taggart. Als dieser aufstand, versteckten sich Justus, Peter und Bob hinter einem Schrank, der im Raum stand.

»Ah, Kommissar Reynolds«, begrüßte Taggart seinen Vorgesetzten. »Schön, dass Sie wieder da sind. Hier war alles ruhig. Es gab nur einen kleinen Zwischenfall beim Feuerwehrfest. Bürgermeister Plimsfield ist immer noch sauer, aber das erzähle ich Ihnen später. Wie war die Fortbildung in Los Angeles?«

»Prächtig, prächtig«, antwortete Reynolds. »Wie immer gab es viele interessante Informationen. Gibt es irgendetwas Wichtiges, was ich wissen muss?«

Die drei ??? konnten aus ihrem Versteck heraus sehen, wie Taggart kurz zusammenzuckte. Doch dann fasste er sich schnell wieder. »Nichts Besonderes. Ich musste heute nur einen entlassenen Häftling aus Topanga Beach abholen. Die Behörde hat angeordnet, dass der Mann bis morgen bei uns in Gewahrsam bleibt. Anschließend erhält er seine Entlassungspapiere.«

Kommissar Reynolds schenkte sich einen Kaffee ein und rührte umständlich in der Tasse. »Interessant, interessant. Wie heißt der Mann denn?«

Taggart schien jetzt etwas nervös zu werden. »Dexter. Jack Dexter. Er befindet sich unten im Keller in einer der Zellen. Aber wie gesagt, Sie brauchen sich nicht darum zu kümmern.«

Reynolds ließ sich wieder viel Zeit. »Dexter, Dexter ... Der Name sagt mir irgendwas. Ich glaube, der Mann hat vor vielen Jahren hier in Rocky Beach reichen Leuten gefälschten Schmuck angedreht. Kommen Sie mit, Taggart. Ich würde ihm, rein interessehalber, gern ein paar Fragen stellen. Und vergessen Sie den Zellenschlüssel nicht.«

Die drei ??? duckten sich, als die beiden Polizisten an ihnen vorbeigingen und auf der Kellertreppe verschwanden. Heimlich schlichen die Freunde hinterher. »Jetzt wird's spannend«, flüsterte Peter. »Was hat Reynolds vor?«

»Wir werden es gleich erfahren«, wisperte Justus.

Vor dem Eingang zu den Zellen blieben die drei Detektive stehen. Doch auch von hier konnten sie ungesehen alles beobachten. Taggart führte den Kommissar zu der Zelle, in welcher Dexter einsaß. »Das ist der Mann. Aber wie gesagt: Sie haben mit der Sache nichts weiter zu tun.«

Der Schmuckfälscher erhob sich von seiner Pritsche und lüftete kurz seinen weißen Hut. »Welche Ehre, dass mich ein Kommissar besucht. Ich glaube, wir beide kennen uns.«

»Das ist wohl wahr, Mr Dexter«, antwortete Kommissar Reynolds genauso freundlich. »Ich kann mich noch gut daran erinnern, wie ich Sie vor zehn Jahren festgenommen habe, hier in Rocky Beach. Ihr Fall war spektakulär. Mein Bericht darüber füllt einen ganzen Aktenordner.«

»Gern geschehen«, antwortete Jack Dexter. »So sieht man sich wieder. Aber ich bin ab morgen ein freier Mann, Kommissar.

»Das sind Sie, Dexter. Zehn Jahre hinter Gittern ist eine lange Zeit.« Dann wandte er sich an den korrupten Inspektor: »Wissen Sie was, Taggart? Ich glaube, die Gitterstäbe zwischen uns und Mr Dexter können wir uns sparen. Ein Mann, der so lange im Gefängnis saß, hat sicherlich seinen kriminellen Charakter abgelegt. Bitte schließen Sie doch die Zellentür auf!«

Gebannt beobachteten die drei ??? alles. Keiner von ihnen hatte eine Ahnung, was Reynolds vorhatte. Auch Taggert schien verwundert. »Soll ich wirklich aufschließen, Kommissar?«

»Ja, ich bitte darum.«

Mit leicht zittrigen Fingern führte Taggart den Schlüssel ins Schloss und schob die Gittertür auf. Doch dann geschah etwas, womit weder die drei ???, Jack Dexter und der Inspektor gerechnet hatten. Denn mit einem kräftigen Schubs beförderte Kommissar Reynolds Taggart in die Zelle. Hinter ihm schlug er die Tür wieder zu und drehte den Schlüssel um. »Das war's für Sie beide!«, rief Reynolds laut und seine Stimme hallte in dem Zellengang wider. »Taggart, Sie sind ein korrupter Polizist. Und Sie, Dexter, haben einen Beamten bestochen. Dazu kommen Bedrohungen und Erpressungen. Ich denke, Sie werden noch eine Weile im Gefängnis nachsitzen müssen.«

Jack Dexter stand der Mund offen. »Moment! Was soll das? Wie kommen Sie auf den Unsinn? Es gibt keinerlei Beweise.«

Taggart hingegen rüttelte an der Gittertür. »Haben Ihnen die drei Jungs irgendwelche Märchen erzählt? Das sind alles Lügen. Hirngespinste von dummen Kindern. Behauptungen ohne Beweis.«

Kommissar Reynolds winkte die drei ??? heran. »So? Meinen Sie? Dann wird Ihnen das, was Sie beide gleich hören, aber gar nicht gefallen.«

Justus verstand, was Reynolds meinte, und schaltete das kleine Aufnahmegerät an. Klar und deutlich tönte das heimlich im Van aufgenommene Gespräch aus dem Lautsprecher. Mit jedem Wort sackte Jack Dexter tiefer auf seiner Pritsche zusammen. »Faszinierend«, murmelte er dann. »Da wird ein krimineller Künstler wie ich doch tatsächlich von drei Nachwuchstalenten in den Schatten gestellt. Respekt.«

Wütend schlug Taggart ihm den weißen Hut vom Kopf. »Du Idiot! Halt deine Klappe! Hoffentlich komme ich nicht mit dir zusammen in dieselbe Zelle. So ein Mist. Meine Karriere als Polizist ist vorbei. Und das alles wegen drei kleinen Gören.«

Justus übergab Kommissar Reynolds das Aufnahmegerät. »Mr Dexter«, sagte er dann zu dem Mann hinter Gittern. »Ich denke, das Duell haben wir klar gewonnen. Und dafür haben wir nicht einmal 100 Stunden gebraucht.«

Bob grinste: »Das mit Ihren drei XXX …«

»… war wohl nix«, ergänzte Peter.

Und alle drei mussten laut lachen.

Am nächsten Tag trafen sich die drei ??? nach dem Mittagessen in der Kaffeekanne. Einer ihrer größten Fälle war gelöst und die Ferien konnten beginnen.

»Ich werde nie das Gesicht von Taggart vergessen«, lachte Bob. »Und Jack Dexter hat am Ende auch ganz schön dumm aus der Wäsche geschaut.«

»Der hält sich wirklich für einen kriminellen Künstler«, lachte auch Peter. »Pech nur, dass er ausgerechnet die drei ??? herausgefordert hat.«

Plötzlich griff Justus in den Rucksack und legte etwas auf den Tisch. Es war die kleine schwarze Box. Sie war immer noch in Aluminiumfolie eingewickelt. Seine beiden Freunde hörten schlagartig auf zu lachen. »Just? Was ist mit dem Ding?«, wunderte sich Peter. »Der Fall ist erledigt. Oder etwa nicht?«

Langsam wickelte Justus die Aluminiumfolie ab. »Leider noch nicht ganz, Kollegen.« Jetzt entdeckten Peter und Bob, dass der 100-Stunden-Countdown in diesem Moment zu Ende ging. Nur noch eine 1 war auf dem Display der Box zu sehen.

Peter rückte ein wenig vom Tisch ab. »Oh nein! Kommt jetzt etwa die Rache von Mr drei XXX und das Ding explodiert am Ende doch noch?«

Keiner der drei sagte ein Wort und alle starrten wie gebannt auf die Box. Bob rückte vorsichtshalber auch etwas zur Seite. »Es kann sich nur noch um Sekunden handeln.«

In diesem Moment veränderte sich die Anzeige und vier Nullen erschienen.

Dann ertönte eine vertraute Stimme: »*Hier spricht Bürgermeister Plimsfield. Ich muss mich bei euch entschuldigen und gleichzeitig bedanken. Justus Jonas, Bob Andrews und Peter Shaw, euch ist es gelungen, Rocky Beach vor großem Schaden zu bewahren. Mit eurer Hilfe konnte ein korrupter Polizist überführt werden und ein krimineller Ganove landete wieder hinter Gittern. Solche Helden braucht unsere Stadt und selbst Fred Fireman wäre stolz auf euch. Kommissar Reynolds hat mir alles berichtet. Unter dem Siegel der Verschwiegenheit weiß ich nun, dass ihr seine geheime Spezialeinheit seid. Damit dies auch weiter geheim bleibt, habt ihr sicherlich Verständnis dafür, dass ich die gestern verliehene Dankesurkunde mit Auszeichnung des Bundesstaats Kalifornien für euch in Empfang genommen habe. Euer Bürgermeister Plimsfield.*«

»Das gibt es doch gar nicht«, lachte Bob so laut, dass er sich dabei fast verschluckte. Peter lachte genauso. »So kennen wir unseren Plimsfield. Aber wie hast du das gemacht, Just?«

Der Anführer der drei ??? grinste breit. »Ich habe diese kleine Überraschung gestern Abend noch vorbereitet und Mr Plimsfield hat mitgemacht. Technisch war das kein Problem für mich.«

Bob atmete erleichtert auf. »Damit können wir den 100-Stunden-Fall zu den Akten legen.«

Peter nickte. »Genau. Und ein nächster Fall wartet bestimmt schon auf uns.«

»Wieso *ein* nächster Fall?«, lachte Justus. »Auf uns warten noch 100 Fälle!«

ULF BLANCK ist 1962 in Hamburg geboren und lebt dort südlich der Elbe mit seiner Familie. Er schreibt seit dem Start für *Die drei ??? Kids* und produziert auch die Hörspiele. Nach dem Architekturstudium arbeitete er viele Jahre als Redakteur beim Radio. Außer Kinderbüchern schreibt Ulf Blanck auch Drehbücher und Theaterstücke. Geschichten zu erzählen, die er als Kind gern gelesen hätte, spornt ihn an. Die ehrenamtliche Mitarbeit in Kinder-Ferienzeltlagern hilft ihm bei seinem Wunsch, zehn Jahre alt zu bleiben. Seine Hosentaschen sind vollgestopft mit Dingen, die er auf der Straße aufgesammelt hat und die zu nichts zu gebrauchen sind, außer für schöne Geschichten.
Mehr über Ulf Blanck findest du unter **ulfblanck.de**

KIM SCHMIDT ist Comiczeichner und Illustrator. Er hat mehrere Kinderbücher illustriert und arbeitet seit Band 22 als Illustrator für *Die drei ??? Kids*. Darüber hinaus gibt er Zeichenkurse für Kinder und Jugendliche und hat mehrere Comiczeichnen-Lehrbücher für Nachwuchszeichner geschrieben. Er ist verheiratet, hat zwei Kinder und lebt und arbeitet in Dollerup/Schleswig-Holstein. Mehr über Kim Schmidt findest du unter **kim-cartoon.com**

Ihre großen Fälle!

- ☐ Panik im Paradies
- ☐ Radio Rocky Beach
- ☐ Invasion der Fliegen
- ☐ Chaos vor der Kamera
- ☐ Flucht in die Zukunft
- ☐ Gefahr im Gruselgarten
- ☐ Gruft der Piraten
- ☐ Nacht unter Wölfen
- ☐ SOS über den Wolken
- ☐ Spuk in Rocky Beach
- ☐ Fußballgötter
- ☐ Falsche Fußballfreunde
- ☐ Der Weihnachtsdieb
- ☐ Fußballhelden
- ☐ Der goldene Drache
- ☐ Die Laser-Falle
- ☐ Der Fußball-Roboter
- ☐ Gefährlicher Nebel
- ☐ Turbo-Rennen
- ☐ Die Delfin-Piraten
- ☐ Fußball-Diebe
- ☐ Tatort Skater-Park
- ☐ Falscher Alarm
- ☐ Riesen in Rocky Beach
- ☐ Das Geisterspiel
- ☐ Schatz aus dem All
- ☐ Im Geistergarten
- ☐ Flug ins Nichts
- ☐ Gefahr im Spiegelkabinett
- ☐ Spuk im Leuchtturm
- ☐ Die Geistermühle
- ☐ Falsche Vampire
- ☐ Geheime Zeichen
- ☐ Der Schrottkönig
- ☐ Die Fragezeichen-Falle
- ☐ Die Geisterpferde
- ☐ Football-Falle
- ☐ 100 Stunden
- ☐ Geistermusik
- ☐ Spur der Tresorknacker
- ☐ SOS im Bike-Park

kosmos.de/diedreifragezeichenkids

Weitere Bände der Reihe sind als E-Book erhältlich.

Comicspaß mit Justus, Peter und Bob!

ISBN 978-3-440-15829-6

ISBN 978-3-440-12633-2

ISBN 978-3-440-17849-2

Fesselnde Geschichten – rasant erzählt!
Justus, Peter und Bob erleben neue Fälle und du bist hautnah dabei. Erlebe, wie die drei ??? Kids die Ermittlungen aufnehmen und die Täter überführen. Durchgehend farbig illustriert und spannend bis zur letzten Seite.

kosmos.de/diedreifragezeichenkids

je 96 Seiten

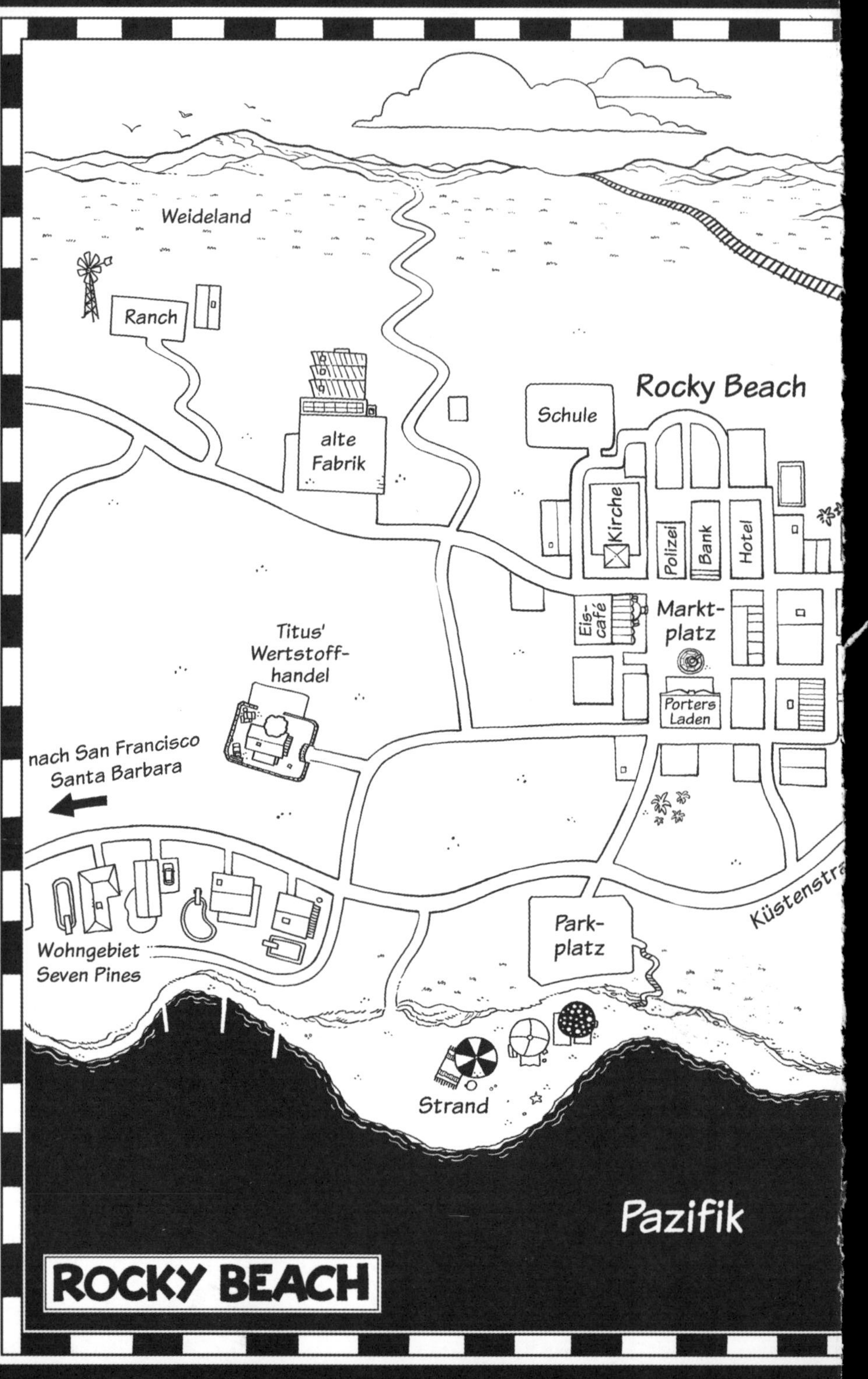

Weideland
Ranch
alte Fabrik
Rocky Beach
Schule
Kirche
Polizei
Bank
Hotel
Eis-café
Markt-platz
Titus' Wertstoff-handel
Porters Laden
nach San Francisco
Santa Barbara
Küstenstra
Park-platz
Wohngebiet Seven Pines
Strand
Pazifik
ROCKY BEACH